Das persönliche Geburtstagsbuch

für

―――――――――――――――――

14. Februar

Das persönliche Geburtstagsbuch

14. Februar

Umschlagbild:
Claude Monet (1840–1926)
Der Eisbruch

Herausgegeben von Martin Weltenburger
nach einer Idee von Christian Zentner

Autoren und Redaktion:
Hademar Bankhofer, Dr. Reinhard Barth,
Friedemann Bedürftig, Lieselotte Breuer,
Mathias Forster, Hansjürgen Jendral,
Thomas Poppe, Günter Pössiger,
Vera Roserus, Sabine Weilandt

Bildbeschaffung:
Redaktionsbüro Christian Zentner

Mit (SZ) gekennzeichnete Beiträge:
Mit freundlicher Genehmigung der Süddeutschen Zeitung.
Sollten in diesem Band Beiträge von noch geschützten Autoren und
Übersetzern aufgenommen worden sein, deren Quellen nicht nachgewiesen sind, so bitten wir die Besitzer dieser Rechte, sich mit dem Verlag
in Verbindung zu setzen.

© 1983 Verlag »Das persönliche Geburtstagsbuch GmbH« München
Alle Rechte vorbehalten
Satz: IBV Lichtsatz KG, Berlin
Druck und Bindung: May + Co Nachf., Darmstadt
Printed in Germany

Wilhelm Busch
EINLEITUNG

Der Weise, welcher sitzt und denkt
Und tief sich in sich selbst versenkt,
Um in der Seele Dämmerschein
Sich an der Wahrheit zu erfreun,
Der leert bedenklich seine Flasche,
Nimmt seine Dose aus der Tasche,
Nimmt eine Prise, macht hapschie!
Und spricht: »Mein Sohn, die Sach ist die!

Eh' man auf diese Welt gekommen
Und noch so still vorliebgenommen,
Da hat man noch bei nichts was bei;
Man schwebt herum, ist schuldenfrei,
Hat keine Uhr und keine Eile
Und äußerst selten Langeweile.
Allein man nimmt sich nicht in acht,
Und schlupp! ist man zur Welt gebracht.
Zuerst hast du es gut, mein Sohn,
Doch paß mal auf, man kommt dir schon ...

Du wächst heran, du suchst das Weite,
Jedoch die Welt ist voller Leute,
Die dich ganz schrecklich überlisten
Und die, anstatt dir was zu schenken,
Wie du wohl möchtest, nicht dran denken.
Und wieder scheint dir unabweislich
Der Schmerzensruf: Das ist ja scheußlich!

Doch siehe da, im trauten Kreis
Sitzt Jüngling, Mann und Jubelgreis,
Und jeder hebt an seinen Mund
Ein Hohlgefäß, was meistens rund,
Um draus in ziemlich kurzer Zeit
Die drin enthaltne Flüssigkeit
Mit Lust und freudigem Bemühn
Zu saugen und herauszuziehn.
Weil jeder dies mit Eifer tut,
So sieht man wohl, es tut ihm gut ...

Mein lieber Sohn, du tust mir leid,
Dir mangelt die Enthaltsamkeit.
Enthaltsamkeit ist das Vergnügen
An Sachen, welche wir nicht kriegen.
Drum lebe mäßig, denke klug.
Wer nichts gebraucht, der hat genug!«

So spricht der Weise, grau von Haar,
Ernst, würdig, sachgemäßig und klar,
Wie sich's gebührt in solchen Dingen;
Läßt sich ein Dutzend Austern bringen,
Ißt sie, entleert die zweite Flasche,
Hebt seine Dose aus der Tasche,
Nimmt eine Prise, macht hapschie!
Schmückt sich mit Hut und Paraplü,
Bewegt sich mit Bedacht nach Haus
Und ruht von seinem Denken aus.

INHALT

9
Prominente Geburtstagskinder
Geboren am 14. Februar

Es geschah am 14. Februar
Ereignisse, die Geschichte machten

58
Chronik unseres Jahrhunderts
Welt- und Kulturgeschichtliches von 1900–1980

65
Prominente und Ereignisse
der Geschichte im Bild

73
Unterhaltsames zum 14. Februar

98
Das persönliche Horoskop
*Astrologische Charakterkunde
für den eigenwilligen und diplomatischen
Wassermann*

114
Die Geburtstagsfeier
*Viele Anregungen und ein köstliches
Geburtstagsmenü*

120
Glückwunschgeschichte
zum 14. Februar

123
Zitate und Lebensweisheiten

127
Der Heilige des Tages
Geschichte und Legende

129
Persönlicher,
immerwährender Kalender

Prominente Geburtstagskinder
Geboren am 14. Februar

Leon Battista Alberti (1404)

Wilhelm von Hessen-Kassel (1602)

Joseph-Francois Malgaigne (1806)

Albert Ludwig Serlo (1824)

Ludwig Eibl (1842)

Richard Ewald (1855)

Isabell Lady Aberdeen (1857)

Carl von Marr (1858)

Fritz Tengelmann (1879)

Franz Baur (1887)

Fritz Zwicky (1889)

Max Horkheimer (1895)

Hans Birnbaum (1912)

Georg Thomalla (1915)

Dieter Meichsner (1928)

Alexander Kluge (1932)

Peter Rapp (1944)

Heidemarie Rosendahl (1947)

Leon Batista Alberti (1404)
Italienischer Künstler

Leon Battista Alberti

Der in Rom geborene Leon Battista Alberti wurde ausgezeichnet als Architekt, Maler, Kunstschriftsteller, zugleich aber auch als Dichter, Antiquar, Philosoph, Mechaniker (Erfinder einer Camera obscura) und Musiker, von seinen Zeitgenossen wegen seiner alles umfassenden Bildung ein »enzyklopädischer Mensch« genannt. In der Malerei sind seine Versuche einer wissenschaftlich durchgeführten Perspektive bedeutend; als Architekt ragt er durch Verständnis des damals erst wieder geschätzten Vitruv hervor und unterscheidet sich von den Zeitgenossen durch ein strenges Festhalten an den Gesetzen des römischen Stils. Er war Priester und Doktor beider Rechte. Seine architektonischen Hauptwerke sind die Kirche San Francesco in Rimini, die Fassade von Sta. Maria Novella und der Palazzo Rucellai in Florenz. Seine schriftstellerischen Hauptwerke über Kunst sind: »De pictura« (1540) und »De re aedificatoria« (1485). († 1472)

Wilhelm von Hessen-Kassel (1602)
Landesfürst

Wilhelm von Hessen-Kassel

Sohn des Landgrafen Moritz, folgte nach dessen Abdankung 1627 in der Regierung, war ein eifriger Anhänger des Protestantismus, verbündete sich 1631 mit Gustav Adolf in Werben zur Verteidigung des Glaubens und kämpfte mit einem nach schwedischem Muster geschulten Heer. Nach der Niederlage der Schweden bei Nördlingen von den Kaiserlichen aus seinem Lande vertrieben, starb er in der Verbannung am 21. September 1637. Ihm folgte seine Witwe Amalie Elisabeth.

Joseph-Francois Malgaigne (1806)
Französischer Arzt

Als Sohn eines armen Landarztes kam Malgaigne in Charmes-sur-Moselles zur Welt. Literarische und medizinische Studien führten ihn nach Nancy, wo er Offizier de santè wurde. Später zog er, nur mit geringen finanziellen Mitteln ausgestattet nach Paris und wurde dort als Schüler des Militärhospitals aufgenommen. Nach seiner Promotion diente er als Divisionsarzt der Nationalarmee in Polen. Nach Paris zurückgekehrt, hielt Malgaigne, der zu dieser Zeit bereits als medizinische Autorität galt, viele Vorträge über chirurgische Anatomie. In erster Linie war er als Wissenschaftler und Forscher tätig. Seine zahlreichen Schriften, von denen einige in fast alle europäischen Sprachen übersetzt wurden, zeugen von der hohen Qualität und der enormen Bedeutung seiner Arbeit. Ein Feind aller Hypothesen, legte er bei seinen Forschungen großen Wert auf nachprüfbare und belegbare Ergebnisse. So erstellte er z. B. eine Statistik über die hohe Sterblichkeitsquote nach Operationen in den Pariser Hospitälern. Sein bekanntestes Werk »Traité des fractures et des luxations« bildet eine Zusammenfassung seiner früheren Studien über Brüche und Luxationen. In seinem Todesjahr wurde der Mediziner zum Präsidenten der Academie de Médicine gewählt. († 17. 10. 1865)

Albert Ludwig Serlo (1824)

Deutscher Bergmann

Der verdienstvolle Bergmann und Verfasser des ersten deutschen Werkes über Bergbaukunde wurde in Crossen geboren.

Nach dem frühen Tode seines Vaters wurde er im Schindlerschen Waisenhause zu Berlin erzogen und bestand am dortigen Gymnasium zum Grauen Kloster Ostern 1843 die Abiturientenprüfung, um sich der bergmännischen Laufbahn, zuerst auf den Kupferschiefergruben bei Eisleben und dann in Berlin auf der Universität und der allgemeinen Bauschule zu widmen. Hier wurde er 1846 zum Bergexpektanten ernannt und bestand 1847 bei der Regierung zu Potsdam die Feldmesserprüfung. Von 1865 bis 1866 für kurze Zeit Hilfsarbeiter im Ministerium, trat Serlo am 1. September 1866 an die Spitze des Oberbergamtes zu Breslau und wurde dort im folgenden Jahre zum Berghauptmann und Oberbergamtsdirektor ernannt. Zwölf Jahre segensreichsten Wirkens für den schlesischen Bergbau und für dessen Entwicklung hat er hier verbracht, bis er im Jahre 1878 als Oberberghauptmann und Ministerialdirektor an die Spitze der preußischen Bergverwaltung berufen wurde. Von besonderer Bedeutung war hier sein Wirken als Vorsitzender der zur Untersuchung über die Lage der deutschen Eisenindustrie eingesetzten Kommission sowie später der preußischen Schlagwetterkommission. Schweres körperliches Leiden zwang Serlo leider schon am 1. Dezember 1884, in den Ruhestand zu treten. Aber mit Interesse verfolgte er noch von seinem Ruhesitz in Charlottenburg aus bis zu seinem Tode alle wichtigeren Ereignisse und Neuerungen im Bergbau.

Das Hauptverdienst Serlos liegt auf schriftstellerischem Gebiet. Denn er war es, der den ganzen umfangreichen Stoff der Bergbaukunde zum ersten Male in einem Lehrbuch zusammenfaßte, bescheidenerweise von ihm selbst »Leitfaden der Bergbaukunde« genannt. († 14. 11. 1898)

Ludwig Eibl (1842)
Österreichischer Maler

Zunächst wurde Ludwig Eibl in Wien und Paris als Bildhauer, dann in München bei J. L. Raab und W. v. Diez zum Maler ausgebildet. Ähnlich C. Schuch hat sich Eibl, der dem weiteren Leibl-Kreis zugerechnet werden kann, hauptsächlich mit dem Stilleben auseinandergesetzt, wobei er jedoch dichter bei der dinglichen Realität bleibt als jener. Auch Eibl pflegte die noble, dunkle Tonmalerei, fühlte sich jedoch stärker als die engeren Freunde Leibls zum Dekorativen hingezogen, weswegen ihm auch der Auftrag zuteil wurde, zusammen mit A. Fink und J. Schmitzberger Plafondmalereien in Schloß Herrenchiemsee auszuführen. († 26. 5. 1918)

Richard Ewald (1855)
Deutscher Arzt

In Berlin geboren, Bruder Carl Anton Ewalds, studierte er Mathematik, Physik und Medizin in Heidelberg, Berlin, Leipzig und in Straßburg, wo er 1880 promovierte. Hier war er auch Assistent bei dem Physiologen Goltz, habilitierte sich 1883 für Physiologie und wurde 1900 Ordinarius des Faches in Straßburg, wo er am 22. Juli 1921 starb. Am bedeutendsten waren seine Studien über das Labyrinth und über das Hören, neben denen eine große Reihe von Arbeiten aus anderen Gebieten des Faches einhergingen. Schriften: »Ein Beitrag zur Theorie der Blutdruckmessung«, »Physiologische Untersuchungen über das Endorgan des N. octavus«, »Neue Hörtheorie«, »Das Straßburger physiologische Praktikum«.

Isabell Lady Aberdeen (1857)
Englische Sozialreformerin

Auf Frauenkongressen fiel oft eine hochgewachsene, hoheitsvolle und dennoch liebenswürdig wirkende Frau auf, die Vorsitzende des Internationalen Frauenbundes: Lady Aberdeen. Bei festlichen Veranstaltungen in englischer Hoftracht und auf Empfängen fürstlicher Gastgeber ganz in ihrem Element, lag ihr dennoch fern, ihre Arbeitsgenossinnen in höfischen Kreisen zu suchen. Freundschaft und Kameradschaft verband sie mit Frauen der verschiedensten Gesellschaftsklassen, Bekenntnisse und Rassen. Ausschlaggebend waren ihr Gesinnung und sittliche Überzeugung. In ihrem Gatten fand sie einen verständnisvollen Weggenossen, auch als er den Posten eines Generalgouverneurs von Kanada, dann des Vizekönigs von Irland bekleidete. In beiden Ländern setzte sie sich für soziale Aufgaben ein, für die bessere Ausbildung der Pflegerinnen in Kanada, für Erwerbsmöglichkeiten für Frauen in Irland und in ihrer Heimat Schottland. Ihre Bemühungen für bessere gesundheitliche Zustände in Irland, wo sie eine entsprechende Frauenorganisation schuf, trug ihr als erster Frau die Mitgliedschaft der Britischen Medizinischen Gesellschaft ein. Obwohl das Schwergewicht ihrer Tätigkeit auf sozialpflegerischem Gebiet lag, trat sie für das Frauenstimmrecht ein, in der Erkenntnis, daß die Frau als ebenbürtige Staatsbürgerin ihrem Lande am besten nützen könne. Während vieler Jahre führte sie den Vorsitz im Internationalen Frauenrat, einer Organisation, deren weitgesteckten Ziele alle Gebiete des öffentlichen Lebens umfassen. In dieser Eigenschaft verlangte sie 1919 mit Erfolg vom Völkerbund, daß er die Frauen gleichberechtigt zu seiner Arbeit heranziehe. Im hohen Alter legte sie nach und nach ihre Ehrenämter nieder und fand Muße, liebenswürdige Lebenserinnerungen zu schreiben, die auch ihr Familienleben widerspiegeln. († 18. 4. 1939)

Carl von Marr (1858)

Amerikanischer Maler

Nach kurzen Studienaufenthalten in Weimar und – 1875 – Berlin, wo K. Gussow sein Lehrer war, wechselte Marr 1877 nach München über, um bei W. v. Lindenschmit, G. v. Max und O. Seitz weiterzustudieren. 1881 kehrte er nach Amerika zurück, ohne dort Resonanz zu finden, so daß Marr sich 1882 wiederum nach München begab, das bis auf einige erneute Reisen in die amerikanische Heimat sein fester Wohnsitz blieb, wo ihm endlich auch außerordentlicher Erfolg zuteil werden sollte.

1890 bis 1924 bekleidete Marr eine Professur an der Akademie, deren Direktor er ab 1919 war. Seit 1915 war er Präsident der Münchner Künstlergenossenschaft, leitete die Glaspalast-Ausstellungen und wurde 1909 geadelt.

Marr hatte als Historienmaler begonnen, sich jedoch früh mit den Errungenschaften des sogenannten deutschen Impressionismus vertraut gemacht. († 10. 12. 1936)

Fritz Tengelmann (1879)

Deutscher Bergwerksdirektor

Fritz Tengelmann, geboren in Hamme, wurde nach dem Besuch der Gymnasien in Recklinghausen und Gütersloh Bergmann. Seine praktische Ausbildung erhielt er auf den Zechen Ewald in Herten, im Erzbergbau in Ramsbeck i. W. und im Kalibergbau in Hannover und Sachsen. Nach dem Besuch der Bergschule in Bochum war er von 1902 bis 1903 Reviersteiger auf den Zechen Katharina und Hercules, von 1904 bis 1905 Fahrsteiger auf der Zeche König Ludwig und von 1905 bis 1909 Abteilungsleiter bei der Schantung-Bergbau-Gesellschaft in China. Nach seiner Rückkehr nach Deutschland wurde er von 1909 bis 1912 Betriebsinspektor bei der Gewerkschaft Lothringen und vom 1. Mai 1912 ab leitender Direktor der Gewerkschaft Dorstfeld. Nach der aktiven Teilnahme am ersten Weltkrieg wurde er mit dem Übergang der Gewerkschaft Dorstfeld auf die Essener Steinkohlenbergwerke AG für diese Gesellschaft tätig. Am 30. April 1924 wurde er in den Vorstand der Essener Steinkohlenbergwerke AG berufen. Er starb am 13. Juli 1943 in Detmold.

Mit Fritz Tengelmann ist ein Bergmann dahingegangen, der die Dorstfelder Zechen und die Zeche Oespel unter besonders schwierigen wirtschaftlichen und bergmännischen Bedingungen zu einer beachtlichen Entwicklung gebracht hat. Er erkannte schon früh die Notwendigkeit der Steinkohlenveredlung und setzte sich tatkräftig für eine Verbesserung der Kokereien, für die Gewinnung der Kohlenwertstoffe und für eine fortschrittliche

Gaswirtschaft ein. Als Leiter der Zechengruppe Dorstfeld gehörte er verschiedenen Ausschüssen des Kohlensyndikats und der Bochumer Verbände an. Er war außerdem Mitglied der Industrie- und Handelskammer in Dortmund. In seiner beruflichen wie auch in seiner allgemeinen wirtschaftlichen Betätigung war Fritz Tengelmann stets von einem hohen Pflichtgefühl erfüllt. Eine gute Zusammenarbeit mit der Gefolgschaft war ihm eine Herzensangelegenheit.

Franz Baur (1887)

Deutscher Wetterforscher

Sie sind oft die Buhmänner der Nation. Wenn sie richtig voraussagen, nimmt kaum jemand davon Notiz, doch bei einer falschen Prognose schimpft jeder auf sie: die Wetterpropheten. Franz Baur war einer der erfahrensten in Deutschland. Ihm ist es maßgeblich zu verdanken, daß es überhaupt möglich ist, das Wetter der nahen Zukunft vorauszusagen. 1919 hatte man ihm die Leitung einer neugegründeten, medizinisch-meteorologischen Forschungsstation in St. Blasien im Schwarzwald übertragen. Damals war er noch Student. Einen wichtigeren Posten erhielt er 1935: Baur wurde Direktor des Forschungsinstituts für langfristige Wettervorhersage. († 20. 11. 1977)

Fritz Zwicky (1889)
Schweizer Gelehrter

Seine »morphologische Methode« des Erfindens half ihm bei der Entwicklung der idealen Milchtüte. Doch neben dieser eher banalen Erfindung schuf Zwicky auch wesentlich bedeutendere Dinge. Der Schweizer, der 1925 in die Vereinigten Staaten gegangen war, arbeitete im Zweiten Weltkrieg als Berater der amerikanischen Air Force. In dieser Funktion war er maßgeblich an der Entwicklung von modernen Düsentriebwerken beteiligt. Der Raketentechniker genoß auch einen Ruf als hervorragender Astrophysiker. Während seiner Tätigkeit an amerikanischen Sternwarten gelangen ihm bedeutende Stern- und Galaxien-Entdeckungen. Viele Zeitgenossen hielten Zwicky für einen »Wirrkopf und Phantasten«. Nicht zuletzt wohl auch wegen seiner Idee, die Sonne und das Planetensystem mit Hilfe der Atomkraft auf eine Reise durch das Universum zu schicken. († 8. 2. 1974)

Max Horkheimer (1895)
Deutscher Soziologe und Philosoph

Max Horkheimer gehörte zu den wichtigsten deutschen Exponenten der Soziologie, der Wissenschaft vom gesellschaftlichen Zusammenleben der Menschen. Besonders seine Kritik des spätkapitalistischen Wirtschafts- und Regierungssystems beeinflußte außerordentlich stark die antiautoritäre Studentenbewegung in der Bundesrepublik Deutschland der sechziger Jahre, die sogenannte außerparlamentarische Opposition. Die spätere Radikalisierung in Form von mörderischem Terrorismus einiger Gruppen, ist ihm gewiß nicht anzulasten.

Max Horkheimer wurde am 14. Februar 1895 in Stuttgart geboren. Von 1930 bis 1933 lehrte er als Professor für Sozialphilosophie an der Universität in Frankfurt am Main und leitete das dortige, von ihm mitbegründete Institut für Sozialforschung. 1933 mußte er aus Nazi-Deutschland emigrieren und führte ab 1934 in New York in Verbindung mit der Columbia-Universität das inzwischen von den Nationalsozialisten geschlossene Frankfurter Institut als »Institute of Social Research« weiter. 1940 erhielt er die amerikanische Staatsbürgerschaft. In den Jahren 1943 und 1944 leitete Horkheimer als Direktor die wissenschaftliche Abteilung des »American Jewish Committee« in New York. Er gab eine Zeitschrift für Sozialforschung heraus, lehrte ab 1949 wieder in Frankfurt/M. und leitete ab 1950 dort das wiedererrichtete Institut für Sozialforschung. Daneben hatte er von 1954 bis 1959 eine Professur in Chicago inne. Max Horkheimer starb am 7. Juli 1973 im Alter von 78 Jahren in Nürnberg.

Über das Frankfurter Institut für Sozialforschung, das eine Kernzelle der deutschen Soziologie war, und das Horkheimer mitbegründete, leitete und enorm beeinflußte, schreibt der Soziologe René König:

Am 3. Februar 1923 fand in Frankfurt die offizielle Gründung des *Instituts für Sozialforschung* statt, nachdem man ein Jahr lang verhandelt hatte, in welchem Rahmen das geschehen sollte. Das Institut sollte gleichzeitig unabhängig sein, aber doch in Anlehnung an die Universität Frankfurt stehen. Die Idee der Gründung stammte von Felix J. Weil, dem einzigen Sohn eines nach Argentinien ausgewanderten Getreide-Großkaufmanns, der schon aus eigenem mütterlichen Vermögen einige »radikale Aktivitäten« in Deutschland finanziert hatte, um zu studieren, wie man die verschiedenen marxistischen Strömungen zu einer Einheit bringen könne. Seine Dissertation erschien in einer von Karl Korsch – neben Georg Lukács einer der bedeutendsten Marxisten jener Jahre – herausgegebenen Reihe. Bei einer Diskussionsveranstaltung lernte Weil Friedrich Pollock kennen, der schon seit der Vorkriegszeit mit Max Horkheimer befreundet gewesen war, der nun seinerseits dem Plan von Weil zustimmte, ein solches Institut zu begründen.

Es war sicher das erste Mal, daß in der deutschen akademischen Welt ein Institut für Sozialwissenschaften aus *privater Initiative* entstand, nachdem schon viel früher, 1901, das *Institut Solvay* in Brüssel mit ähnlicher Zwecksetzung, wenn auch anderer politischer Orientierung, eröffnet worden war. Friedrich Pollock wurde übrigens lebenslänglich zum guten Geist des Instituts, dessen Finanzen er mit Umsicht regelte, besonders auch, als es mit dem Aufstieg des Nationalsozialismus in die Gefahrenzone geriet. Pollock hat oft genug eigene Arbeitspläne um des Instituts willen zurückgestellt; er war der getreue Paladin seines Meisters Horkheimer, und von ihm strahlte eine Ruhe und Sicherheit aus, deren die anderen Mitglieder oft nur allzusehr ermangelten.

Da mit dem Kultusministerium vereinbart worden war, daß der Direktor des Instituts ordentlicher Professor an der Universität Frankfurt sein mußte, einigte man sich nach einigem Hin und Her auf den österreichischen Rechts- und Wirtschaftshistoriker Carl Grünberg aus Wien, der allerdings schon 1929 krankheitshalber von seinem Direktorenamt zurücktrat. Als dann im gleichen Jahr an der Frankfurter Universität ein Lehrstuhl für Sozialphilosophie eingerichtet und mit Max Horkheimer besetzt worden war (als Stiftungsprofessur ebenfalls von Weil finanziert), konnte Horkheimer ab Juli 1930 auch das Direktorat des Instituts übernehmen. Gleichzeitig begann auch die Begründung von Nebenstellen im Ausland, zunächst in Genf, später in Paris. Das war für Pollock auch der Anlaß, das Stiftungskapital nach Holland zu transferieren, was sich angesichts der kommenden politischen Entwicklung in Deutschland als ein entscheidender Schachzug erwies, mit dem das Institut den Nationalsozialismus überrundete. Gleichzeitig begann die »Zeitschrift für Sozialforschung« als Institutsorgan zu erscheinen (1932 bis 1939), die später in New York durch die »Studies in Philosophy and Social Science« fortgesetzt wurde (1939 bis 1941). Die entscheidende Organisationsstruktur des Instituts war diktatorial (und ausdrücklich nicht kollegial) auf Horkheimer ausgerichtet, neben dem bestenfalls noch Pollock als »Schatzkämmerer« eine Nebenrolle zufiel. Darin unterschied sich das Frankfurter Institut wesentlich von dem etwas früher (1919) eingerichteten Kölner Institut für Sozialwissenschaften. Horkheimer war die zentrale Persönlichkeit der »Frankfurter Schule«.

Hans Birnbaum (1912)

Deutscher Manager

Für einen Unternehmer nicht gerade typisch, befürwortete Birnbaum die paritätische Mitbestimmung, in der er gerade in Krisenzeiten eine große Hilfe sah. Diese Ansicht vertrat er auch im anders denkenden CDU-Wirtschaftsrat, dessen Mitglied er war. Der ehemalige Beamte Birnbaum, der lange Jahre als Ministerialdirigent tätig war, wechselte 1961 in die Industrie. Bei der Salzgitter AG war er fortan für die Finanzen verantwortlich. Sieben Jahre später übernahm er den Vorstandsvorsitz des Unternehmens. Noch in anderen Firmen war Birnbaum als Aufsichtsrat tätig. Es gelang ihm zum Beispiel, VW aus einer schweren Krise zu führen. († 18. 11. 1980)

Georg Thomalla (1915)

Deutscher Schauspieler

Seine erste kleine Rolle erhielt Georg Thomalla in »Das Land des Lächelns«, während sein Bruder die Hauptrolle spielte. Seine künstlerische Laufbahn führte ihn als Mitglied eines Privattheaters durch ganz Deutschland. Nach Teilnahme am Zweiten Weltkrieg spielte er von 1947 bis 1952 an der Komödie in Berlin und trat 1956 in Willy Schäffers »Kabarett der Komiker« auf. Große Erfolge feierte er im Ensemble des Berliner Schloßparktheaters u. a. in »Wir armen Erdenbürger«, »Der Revisor«. Auch der Film hat sich in ihm einen seiner zugkräftigsten Komiker gesichert. Zahllos seine Filme: »Maharadscha wider

Willen«, »Tanzende Sterne«, »Ein Stück vom Himmel«, »Das Spukschloß im Spessart«, »Die Försterchristl« u. v. a. In den letzten Jahren ist er auch verstärkt im Fernsehen aufgetreten. Er lebt heute in Bad Gastein in Österreich.

Dieter Meichsner (1928)
Deutscher Autor und Regisseur

»Den Zweifel zu fördern an Phänomenen, an Entscheidungen, Kategorien, Klischees«, ist das Motto Dieter Meichsners, das den roten Faden durch seine Arbeit bildet. Er begann sie 1966 beim Norddeutschen Rundfunk, wo er zwei Jahre später schon Hauptabteilungsleiter Fernsehspiel wurde. »Eintausend Milliarden«, ein Fernsehspiel aus der Welt der Unternehmer, erhielt den DAG-Fernsehpreis in Silber. »Der Stechlin« nach Theodor Fontane war ein weiteres, vielbeachtetes Werk. Ein zweites Mal erhielt er den DAG-Preis für »Das Rentenspiel« 1977. Außerdem erhielt Dieter Meichsner noch den Ernst-Reuter-Preis 1959 und 1970 den Alexander-Zinn-Preis der Stadt Hamburg, wo er heute lebt.

Alexander Kluge (1932)
Deutscher Filmregisseur und -produzent

»Lebensläufe« (1962) hieß das Buch, das Alexander Kluge einer breiteren Öffentlichkeit bekannt machte, eine Auseinandersetzung mit der älteren Generation, die das Dritte Reich überstand. Dies erste Werk schon wurde mit dem Berliner Kunstpreis bedacht. Nachdem er ein Jahr bei dem legendären Filmregisseur Fritz Lang volontiert hatte, versuchte er sich als Produzent und Regisseur von Kurzfilmen. So entstanden Kurzfilme wie: »Amore«, »Porträt einer Bewährung«, »Abschied vom Gestern«. Mit seinen folgenden Filmen hatte er, weniger beim breiten Publikum, so doch auf namhaften Filmfestspielen großen Erfolg und wurde von den Kritikern hoch gelobt. Den Goldenen Löwen von San Marco brachte ihm 1969 sein Film »Die Artisten in der Zirkuskuppel – ratlos«. 1974 entstand in Zusammenarbeit mit Edgar Reitz der Spielfilm »In Gefahr und größter Not bringt der Mittelweg den Tod«, ein Amalgam aus Fiktion und Dokumentation. Erstmals verließ er das von ihm selbst geschaffene Genre des experimentellen, phantasiedurchsetzten Dokumentarfilms und stellte eine durchgespielte Komödie vor: »Der starke Ferdinand«, eine Art Filmgroteske um einen fanatischen Kleinbürger. Der Film erhielt in Cannes den Kritikerpreis des Jahres. Kluge war außerdem einer der wichtigsten Initiatoren der deutschen Filmförderung seit 1962, die 1974 in fortschrittlicher Form gesetzlich verankert wurde. Er lebt heute in Frankfurt.

Peter Rapp (1944)

Österreichischer Moderator und Entertainer

Seit 1968 arbeitet Peter Rapp für Funk und Fernsehen. Bekannt wurde er in Österreich vor allem durch die Jugend-Pop-Sendung »Spotlight«. Daneben war er als Gastmoderator bei der »Europa-Welle Saar« tätig. Seine ausgeprägte, komödiantische Begabung bewies er in verschiedenen Komiker-Rollen auf der »Löwinger Bühne«, außerdem sah man ihn als Pfarrer in dem Film »Himmel, Scheich und Wolkenbruch« und in der Titelrolle des Musicals »Ali Baba« in Wien. Seit Mai 1981 präsentiert er im ARD-Fernsehen die Sendung »Tele-Zirkus«. 1979 sah man ihn in der Sendung »Jahrmarkt«, danach in der »Peter-Rapp-Show« und in »Zehn oder weniger«. Peter Rapp ist mit Sissy Löwinger verheiratet und lebt in Wien.

Heidemarie Rosendahl (1947)
Deutsche Leichtathletin

Heide war sportlich vorbelastet: Ihr Vater war dreimal deutscher Meister im Diskuswerfen. Sie hatte ihre Sternstunde bei den Olympischen Spielen 1972 in München, als sie den Weitsprung mit 6,78 m gewann, im Fünfkampf eine Silbermedaille holte und Gold in der 4 × 100-m-Staffel errang. Als Schlußläuferin wehrte sie den Angriff von Renate Stecher (DDR) erfolgreich ab. Zuvor hatte die Athletin den Weltrekord 1970 in Turin auf 6,84 m im Weitsprung verbessert und gewann die Europameisterschaft im Fünfkampf 1971 in Helsinki. Insgesamt war sie mehr als 30mal deutsche Meisterin und kam 1968 in Mexico-City infolge einer Verletzung um ihre guten Olympiachancen. Heute ist Heide Sportlehrerin in Leverkusen und verheiratet mit dem amerikanischen Basketballstar Ecker.

Es geschah am 14. Februar
Ereignisse, die Geschichte machten

842 Straßburger Eide
1076 Kirchenausschluß König Heinrichs IV.
1193 Auslieferung des englischen
Königs Richard Löwenherz an Kaiser Heinrich VI.
1738 Uraufführung der Händel-Oper »Xerxes«
1912 Arizona wird 48. Bundesstaat der USA
1912 Debatte im englischen Unterhaus
1924 Uraufführung des Schauspiels »Der arme Konrad«
1950 Pakt zwischen Rußland und China
1951 Adenauer-Rede im Bundestag
1953 Querelen um Senkung der Einkommensteuer
1956 XX. Parteitag der KP der Sowjetunion
1964 Uraufführung des Films »Vorsicht, Mr. Dodd«
1969 DDR-Störaktionen
1972 Spanier sorgt für Sensation
bei der Winter-Olympiade
1976 Sensation durch deutsches Eishockey-Team
bei den Olympischen Spielen
1980 Lucas-Cranach-Gemälde gestohlen
Rekorde des Tages

842

Gemeinsames Wollen
Straßburger Eide

Ludwig der Fromme hatte das fränkische Reich unter seine Söhne Lothar, Ludwig den Deutschen und Karl den Kahlen aufgeteilt. Als Lothar, der als ältester die Kaiserwürde übernommen hatte, die Oberhoheit anstrebte, verbündeten sich die jüngeren Brüder und schlugen ihn 841 bei Fontenoy. Die Gefahr aber war noch nicht beseitigt. Karl und Ludwig schworen daher am 14. Februar 842 in Straßburg vor ihren Truppen, einander immer beizustehen. Die Eidtexte, von denen hier nur die neuhochdeutsche Übersetzung folgt, sind frühe Zeugen für die sprachliche Auseinanderentwicklung der beiden Reichsteile, aus denen Frankreich und Deutschland entstanden. Die beiden Könige benutzten jeweils die Landessprache des anderen:

Es trafen sich also am vierzehnten Februar Ludwig und Karl in der Stadt, die ehedem Argentaria hieß und nun Straßburg heißt, und schwuren wie unten folgt. Ludwig aber sprach romanisch, Karl deutsch. Und bevor sie ihre Eide ablegten, wandte sich jeder an das um ihn versammelte Volk, der eine in deutscher, der andere in romanischer Sprache. Ludwig als der Ältere begann: »Wie oft Lothar nach dem Tode unseres Vaters mich und meinen Bruder verfolgte und zu vernichten suchte, wißt ihr. Da aber weder das gemeinsame Blut, noch der Christenglaube und Vernunftgründe zu einem gerechten Frieden zwischen uns führten, so sehen wir uns gezwungen, unsere Sache vom Gerichte des allmächtigen Gottes ent-

»Karl der Kahle«
Widmungsbild in der Bibel Karls des Kahlen

scheiden zu lassen, nach seiner Entscheidung wollen wir uns mit dem zufriedengeben, was jedem von uns zukommt. Wie ihr wißt, wurden wir durch Gottes Barmherzigkeit die Sieger, er aber entwich mit den Seinen von dannen, wohin er eben konnte. In unserer Bruderliebe und aus Mitleid mit dem Christenvolke wollten wir sie nicht verfolgen und vernichten, sondern wünschen jetzt wie vordem nur, daß jedem sein Recht werde. Aber er gibt sich auch jetzt mit diesem Gottesgericht nicht zufrieden, sondern läßt nicht ab, mich und meinen Bruder voll Feindschaft zu verfolgen, ja, er sucht auch unser Volk mit Brand, Raub und Mord heim. Darum sind wir notgedrungen hier zusammengekommen und wollen, da ihr unseres Erachtens an unserer unerschütterlichen brüderlichen Treue noch zweifelt, sie durch diesen Eid in eurer

Gegenwart bekräftigen. Nicht unbillige Habgier veranlaßt uns hiezu, sondern damit wir, falls uns Gott mit eurer Hilfe Ruhe schenkt, unseres gemeinsamen Wohles um so sicherer seien. Wenn ich aber – was ferne sei – wagen sollte den Eid zu brechen, den ich meinem Bruder schwöre, so befreie ich jeden von euch von seiner Untertanenpflicht und dem Treueid, den er mir geleistet.«

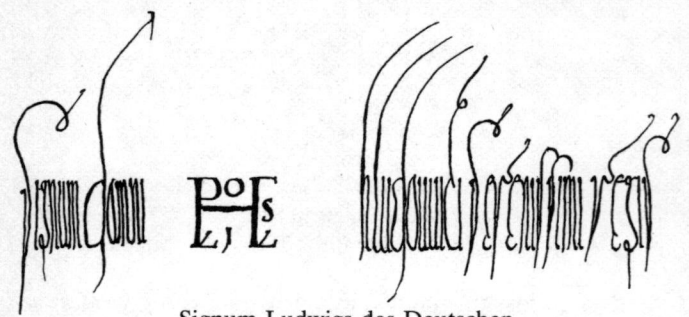

Signum Ludwigs des Deutschen
aus einer Frankfurter Urkunde des Jahres 859

Nachdem Karl dasselbe in romanischer Sprache ausgeführt hatte, versicherte Ludwig als der Ältere zuerst, folgendes halten zu wollen:

»Aus Liebe zu Gott und zu des christlichen Volkes und unser beider Heil von diesem Tage an in Zukunft, soweit Gott mir Wissen und Macht gibt, will ich diesen meinen Bruder Karl sowohl in Hilfeleistung als auch in anderer Sache so halten, wie man von rechtswegen seinen Bruder halten soll, unter der Voraussetzung, daß er mir dasselbe tut; und mit Lothar will ich auf keine Abmachung eingehen, die mit meinem Willen diesem meinem Bruder Karl schaden könnte.«

1076

Im Himmel auf Erden
Kirchenausschluß König Heinrichs IV.

Die eigenmächtige Praxis des deutschen Königs Heinrich IV. bei der Investitur (Einsetzung) von Bischöfen verschärfte den Konflikt mit Rom. Papst Gregor VII. griff schließlich zum Mittel der Exkommunikation (Kirchenausschluß) und verkündete auf der sogenannten Fastensynode zu Rom am 14. Februar 1076 diesen Kirchenbann gegen den König. Nur durch den sprichwörtlich gewordenen Gang nach Canossa konnte sich Heinrich im Jahr darauf von dem Bann lösen, der fast zu seinem Sturz führte. Der Text der päpstlichen Verurteilung lautete:

Heiliger Petrus, du Fürst der Apostel, wir flehen dich an, neige uns gnädig dein Ohr und höre mich, deinen Knecht an, den du von Kindesbeinen an genährt und bis zu diesem Tage aus der Hand der Gottlosen gerettet hast, die mich um deiner Treue willen gehaßt haben und noch hassen. Du sei mein Zeuge und meine Herrin, die Mutter Gottes, und der heilige Paulus, dein Bruder, unter allen Heiligen, daß deine heilige römische Kirche mich gegen meinen Willen zu ihrer Leitung genötigt hat und daß ich nicht Raub im Sinne trug, um diesen deinen Stuhl zu besteigen; lieber wollte ich mein Leben in der Fremde beschließen als deinen Platz um weltlichen Ruhmes willen weltlichen Sinnes an mich reißen. Daher ist es mein fester Glaube, dir habe es nach deiner Gnade, nicht nach meinem Verdienst gefallen und gefalle dir auch jetzt noch, daß mir das christliche Volk, dir besonders anvertraut,

»König Heinrich IV. in Canossa«
nach einer Zeichnung von Plüddemann

gehorche, da mir deine Stellvertretung besonders anvertraut ist. Und es ist mir durch deine Gnade von Gott die Macht gegeben zu binden und zu lösen im Himmel und auf Erden. Hierauf fest vertrauend untersage ich zur Ehre und zur Verteidigung deiner Kirche im Namen des allmächtigen Gottes, des Vaters, des Sohnes und des heiligen Geistes durch deine Gewalt und Autorität dem König Heinrich, dem Sohne des Kaisers Heinrich, der sich gegen deine Kirche in unerhörtem Stolze erhoben hat, die Herrschaft über das ganze Reich der Deutschen und über Italien, und ich löse alle Christen von den Banden des Eides, den sie ihm geschworen haben oder noch schwören werden, und ich verbiete, daß ihm irgend jemand wie seinem König dient.

Denn das ist recht: Wer die Ehre deiner Kirche zu mindern trachtet, büße selbst seine Ehre ein, die er bis dahin besitzen mochte. Und weil er nicht bereit war, wie ein Christ zu gehorchen, und nicht zu Gott zurückkehrte, den er verlassen hat – denn mit Gebannten hat er verkehrt, meine Ermahnungen, die ich ihm, wofür du mein Zeuge bist, um seines Seelenheiles willen gesandt habe, hat er in den Wind geschlagen, und er hat sich von deiner Kirche getrennt, weil er sie zu spalten versucht hat – schlage ich ihn an deiner Statt mit dem Bande des Anathems. Und so binde ich ihn im Vertrauen auf dich, auf daß die Völker wissen und erfahren, daß du bist Petrus und daß auf diesen Felsen der Sohn des lebendigen Gottes seine Kirche gebaut hat, und die Pforten der Hölle sollen sie nicht überwinden.

1193

Hunderttausend Mark Silber

Auslieferung des englischen Königs Richard Löwenherz
an Kaiser Heinrich VI.

Auf der Rückreise von einem Kreuzzug war der englische König Richard Löwenherz in die Gefangenschaft des Herzogs Leopold von Österreich geraten. Da England und die Kurie im Deutschen Reich die Fürstenopposition gegen Kaiser Heinrich VI. schürten, bot sich nun die Gelegenheit, dieses Ränkespiel zu unterbinden. Der Kaiser bat den österreichischen Herzog um Auslieferung des Gefangenen und schloß darüber am 14. Februar 1193 mit Leopold einen Vertrag, in dem es hieß:

Dies ist die Urkunde des Vergleiches oder Vertrages zwischen dem Herrn Heinrich, Kaiser der Römer, und Herrn Leopold, dem Herzog von Österreich über die Sicherheit und den Frieden mit dem König von England und über andere Dinge.

1. Ich, Leopold, Herzog von Österreich, werde meinem Herrn, dem römischen Kaiser Heinrich, den König von England übergeben und ausliefern unter der Bedingung, daß dieser König dem Herrn Kaiser hunderttausend Mark Silber zahlt. Davon werde ich die Hälfte bekommen, um die Tochter des Bruders des Königs von England auszustatten, die einer meiner Söhne zur Gemahlin nehmen wird. Diese Tochter des Bruders des Königs von England soll am Fest des heiligen Michael einem meiner Söhne, den ich dazu auswählen werde, vorgestellt werden und zum selben Termin soll die Hälfte der ge-

Kaiser Heinrich VI.

nannten hunderttausend Mark Silber, also fünfzigtausend Mark Silber, bezahlt werden, wovon mein Herr, der Kaiser, eine Hälfte bekommen wird, die andere aber, also fünfzigtausend Mark Silber, ist zu bezahlen zu Beginn der nächsten Fasten; auch von diesem Gelde wird mein Herr, der Kaiser, die eine Hälfte bekommen, die andere aber ich. Und welche Summe meinem Herrn, dem Kaiser, von diesem Geld innerhalb der gesetzten Frist auch ausgezahlt werden mag, in der die ganze Summe zu erlegen ist, davon wird er ohne Übelwollen die Hälfte mir abtreten.

3. Der König von England wird dem Herrn Kaiser fünfzig Galeeren mit Besatzung und Vorräten und allem Zubehör stellen, und er wird hundert Ritter mit fünfzig Pfeilschützen an Bord dieser Schiffe schicken. Außerdem wird er selbst in eigener Person mit hundert anderen Rittern und fünfzig Bogenschützen mit dem Herrn Kaiser zusammen das Königreich Sizilien angreifen und ihm gutwillig helfen, bis er dieses Reich im Besitz hat, und er wird nicht ohne seinen guten Willen und seinen Urlaub fortgehen.

Als Sicherheit aber dafür, daß dieser König auch alles gewissenhaft befolgt und erfüllt, wird er meinem Herrn, dem Kaiser, zweihundert vornehme Geiseln aus seinem Herrschaftsbereich stellen, wie sie der Herr Kaiser von ihm fordern mag, es sei denn, daß er dem Herrn Kaiser glaubhaft darlegt, daß einer oder einige unter ihnen sich derart heftig und offenkundig gegen ihn zur Wehr setzen, daß er sie nicht stellen kann. In diesem Falle aber wird der König anstelle dessen oder derer einen oder mehrere andere, den oder die der Herr Kaiser namhaft machen wird, als Geisel oder als Geiseln stellen. Ausgenommen davon sollen sein die Söhne seiner Schwester und des früheren Sachsenherzogs Heinrich und der Sohn seines Bruders.

7. Der Herr Kaiser wird den König von England so lange in seiner Hand behalten, bis der König von Zypern und seine Tochter, die in der Gefangenschaft des Königs sich befinden, freigelassen worden sind. Aber auch dann, wenn der König von Zypern und seine Tochter aus der Gefangenschaft entlassen sind und für ihre Befreiung etwas gegeben und geschehen ist, wird der Herr Kaiser den

König von England noch so lange in seiner Haltung behalten, bis jenes ganz und gar ausgeführt ist.

8. Sollte der König von England innerhalb eines Jahres von dem Beginn des diesjährigen Fastens bis zum Fasten im nächsten Jahre weder das Geld noch die Geiseln gegeben haben oder nach Erfüllung einer dieser Aufgaben die andere unterlassen, und sollte es nach Überschreitung dieses Termines für den Herrn Kaiser nach meinem Gewissen als Wahrheit feststehen, daß der erwähnte König weder das Geld noch die Geiseln stellen kann oder daß er nach Erfüllung der einen Bedingung die andere nicht leisten wird, und wenn das ganz sicher ist, daß der Herr Kaiser mir den König nicht zurückgeben will, dann soll es mir freistehen, aus der Zahl der zweihundert Geiseln, von denen der Herr Kaiser mir fünfzig abtreten wird, die noch Jünglinge sind und nicht Ritter, die zurückzubehalten, die ich mir dann auswähle, und wenn dann die anderen entlassen sind, wird der König von England in meine Gewalt zurückgegeben werden.

1738

Xerxes oder Der verliebte König

Deutsche heitere Oper in 3 Akten von
Georg Friedrich Händel

Die Handlung spielt im Osten in einer nicht näher definierten Zeit. Am 14. Februar 1738 fand in London die Uraufführung dieses Werkes statt.

Reclams Opern- und Operettenführer beschreibt die Handlung und charakterisiert die Musik.

Handlung
1. bis 3. Akt. Xerxes, obwohl mit Amastris verlobt, schmachtet nach Romilda, der Tochter seines Feldherrn Ariodat. Allein diese hat ihr Herz bereits an Arsamene, den Bruder des Xerxes, verloren. Als dieser sich weigert, auf die Geliebte zu verzichten, wird er vom König des Hofes verwiesen. Von siegreichem Feldzug kehrt Ariodat zurück, in seinem Gefolge die als Krieger verkleidete Amastris, die sich auf solche Weise für die Aufgabe einer Königin vorbereiten will. Xerxes erklärt, den Feldherrn in der Person seiner Tochter Romilda ehren zu wollen, die einen Gatten aus königlichem Hause erwarte. Unterdessen hat Amastris sich vom Treubruch ihres Verlobten überzeugt, da Elviro, Arsamenes geschwätziger Diener, von einem Briefe plaudert, den er an Romilda bestellen soll. In diesem Briefe versichert Arsamene seine Geliebte unverbrüchlicher Treue, aber Elviro meint, Xerxes werde diese Verbindung zu durchkreuzen wissen. Inzwischen ist es der Schelmin Atalanta gelungen, Elviro den Brief an ihre Schwester abzulisten. Um heitere Verwirrung zu stiften, behauptet Atalanta, Arsamenes Brief gelte ihr. Triumphierend zeigt Xerxes den willkommenen Beweis der Untreue der erstaunten Romilda. Durch einen Krieger, die verkleidete Amastris, läßt der König Ariodats Haus überwachen mit der Weisung, jedem den Eintritt zu wehren. Streng hält sich Amastris an den Befehl und weigert sich, Xerxes bei seiner Wiederkehr zu Romilda zu lassen. Dem auf den Lärm aus dem Hause kommenden Ariodat stellt sich Xerxes als Bote des Königs vor. Dieser lasse seinem Feldherrn sagen, bei Sonnenaufgang werde der verheißene Eidam königlichen

Stammes erscheinen. Amastris setzt Romilda und Arsamene von diesem Plan in Kenntnis. Beide nützen die Situation. Arsamene stellt sich Ariodat als Freier königlicher Abkunft vor und wird Romilda angetraut. Vom festlichen Gesange angelockt, naht Xerxes, um zu erfahren, daß er der Geprellte ist. Seinen Zorn besänftigt Amastris, in deren Arme er reuig zurückkehrt.
Musik
   Sie zählt zum Anmutsvollsten, was Händel geschaffen. Ihr Grundcharakter ist graziöse Heiterkeit. Die Ouvertüre beginnt mit der obligaten langsamen Eingangspartie, setzt sich in einem fugierten Allegro fort und läuft in eine muntere Gigue, einen altenglischen Tanzsatz, aus. Schon die erste Nummer, eine Arie des Xerxes, in der er seine Sehnsucht nach Romilda ausströmt, ist als »Largo« eine der volkstümlichsten Melodien Händels geworden. Auch die weiteren Stücke zeigen Händels Tonsprache im vokalen wie instrumentalen Bereich auf einem Gipfel souveräner Meisterschaft. Durch die Figuren der Schelmin Atalanta und des plauderseligen Elviro kommt stellenweise ein buffonesker Zug in die Musik.

1912

Grand Canyon State

Arizona 48. Bundesstaat der USA

Die feierliche Aufnahme Arizonas in die Vereinigten Staaten fand am 14. Februar 1912 statt. Im 16. und 17. Jahrhundert drangen die Spanier von Mexiko aus in dieses Gebiet vor. Sie suchten dort die »sieben Städte von

Cibola«, deren Häuser angeblich aus purem Gold sein sollten. Sie fanden zwar nicht diese legendären Orte, entdeckten aber dafür den Grand Canyon. Die erste weiße Siedlung wurde erst 1776 in einem Indianerdorf eingerichtet, dem jetzigen Tucson. Amerikanische Händler und Pioniere ließen sich erst zu Beginn des 19. Jahrhunderts im heutigen Arizona nieder. 1848 trat Mexiko Arizona an die USA ab. Präsident Lincoln unterschrieb im Februar 1863 ein Gesetz, durch das Arizona »amerikanisches Territorium« wurde. 49 Jahre später wurde Arizona erst ein Bundesstaat der USA. Sein heutiger Reichtum ist nicht Gold, sondern Kupfer; 40% der amerikanischen Produktion kommen aus Arizona. Erst 47 Jahre nach dem Anschluß Arizonas wurden zwei neue Staaten in die Union aufgenommen: Alaska als 49. Staat im Januar und Hawaii als 50. Staat im August 1959. *(SZ)*

1912

Hoffnung auf beständigen Frieden

Debatte im englischen Unterhaus

In der Debatte über die Thronrede nahm am 14. Februar 1912 das Verhältnis zum Deutschen Reich einen breiten Raum ein. Der Führer der oppositionellen Konservativen, Bonar Law, versicherte, er stelle sich ganz hinter die Worte seines Parteifreundes Churchill, daß »Deutschlands Flotte für Deutschland ein Luxus ist – die britische Flotte für uns eine Notwendigkeit«. Er hoffe, daß es nie zum Krieg mit Deutschland komme, doch müsse in einem solchen Falle die britische Flotte in der Lage sein, die deutsche zu besiegen. Ministerpräsident Asquith bedauerte, daß die Beziehungen zu Deutschland getrübt gewesen seien. Inzwischen sei in freundschaftlichen und freimütigen Unterredungen Minister Haldanes mit der deutschen Regierung in Berlin klargestellt worden, daß keine der beiden Regierungen Angriffspläne gegen die andere erwäge. *(SZ)*

1924

Der arme Konrad

Deutsches Schauspiel

Das radikal zeit- und sozialkritische Drama von Friedrich Wolf (1888 bis 1953) wurde am 14. Februar 1924 in Stuttgart uraufgeführt. Geknechtete und entwürdigte Bauern stehen gegen Fronherren auf. Ihre Sache wird intrigant verraten, am Ende bleibt nur die Utopie, daß die Unterdrückten einmal den Kampf gewinnen würden.

Der Vogt von Weiler verbietet den Bauern des Remstales, wie alljährlich ihr Spiel vom »Ehrsamen Narrengericht« aufzuführen, in dem ein Narrenvogt über zwei Ritter Gericht hält, die den Frühling rauben wollten. Die empörten Bauern treffen sich am Abend beim Narrenvogt Konz. Ihr Zorn auf die Fronherren, von denen sie ausgesogen und mißhandelt werden, hat durch das Verbot den Siedepunkt erreicht. Die Bauern wollen gegen die Fürsten losschlagen. Konz verlangt aber, mit dem Kampf bis zum »Narrengericht« zu warten, das trotz des Verbots stattfinden und ein Signal für den Aufstand werden soll.

Doch die Bauern beginnen unter den fortgesetzten Mißhandlungen durch ihre Herren über den Aufschub des Kampfes zu murren. Deshalb geht Konz an der Spitze einer Abordnung zum Herzog, um ihm die Not der Bauern zu schildern. Der Herzog weist die überreichte Bittschrift zurück.

Das »Narrengericht« löst den Aufstand aus. Der Vogt von Weiler hat die Spielwiese von Soldaten umstellen lassen und sich mit dem Ritter Thum unter die Zuschauer gemischt. Am Ende des Spiels kommen die Bauern aber ihren Feinden zuvor. Sie ziehen ihre kurzen Schwerter aus den Narrenpritschen und machen den Vogt mitsamt seinen Söldnern nieder. Konz rettet dem verwundeten Ritter Thum das Leben. Thum schließt sich, von Konz tief beeindruckt, den aufständischen Bauern an.

Die Bauern nehmen das herzogliche Schloß ein. Um das Blutvergießen zu beenden, versucht Konz, durch Verhandlungen die Forderungen der Bauern beim Herzog durchzusetzen. Der Herzog unterschreibt die zwölf Artikel der Bauern. Konz vertraut der Unterschrift eines Herzogs. Er weiß noch nicht, daß dem Herzog aus Baden und Würzburg starke Truppen zu Hilfe eilen.

Noch am gleichen Abend bricht der Herzog sein Wort. Er überfällt mit frischen Soldaten einen Haufen Bauern, die ihren Sieg feiern. Thum bringt Konz und dem Hauptheer der Bauern die Nachricht vom Verrat des Herzogs. Jetzt erkennt Konz, daß er zu lange gezögert und zu blind vertraut hat. Er sieht, daß nur ein sofort durchgeführter Angriff den Aufstand retten kann. Aber die Bauern können sich nicht einigen, ob sie angreifen sollen. Sie beginnen, sich auf Versprechungen eines Unterhändlers einzulassen. Das Angebot Thums, ihnen dreihundert mit den Bauern sympathisierende Ritter zuzuführen, schlagen sie aus kleinlicher Furcht vor Verrat aus. Da sendet Konz seinen Freund Bastel mit der Mitteilung zum Herzog, er möge sofort angreifen, die Bauern seien von Uneinigkeit beherrscht. Diese List, durch einen scheinbaren Verräter den Herzog zum Angriff zu veranlassen, ist die letzte Möglichkeit, den Zerfall des Bauernheeres aufzuhalten und es in den entscheidenden Kampf zu führen.

Die Bauern unterliegen. Konz stellt sich, schwer verwundet, dem Herzog, um seinen Freund Bastel aus der Folter zu befreien. Der Herzog fordert Konz auf, den Aufstand zu widerrufen und der Obrigkeit zu huldigen, dann würde ihm und drei gefangenen Bauernführern das Leben geschenkt. Aber Konz widerruft nicht, um die gerechte Sache der Bauern nicht für immer unter einem solchen Widerruf zu begraben. Er stirbt in der Zuversicht, daß sein Kampf einmal fortgesetzt wird.

1950

Dreißig Jahre lang

Freundschafts- und Beistandspakt
zwischen Rußland und China

Der Präambel des Vertrags vom 14. Februar 1950 zufolge sollte der Pakt zwischen Rußland und China zur Stärkung der »Freundschaft und Zusammenarbeit gegen ein Wiederaufleben der japanischen Aggression oder eines anderen Staates beitragen sowie einen dauerhaften Frieden und allgemeine Sicherheit im Fernen Osten und in der

Welt nach den Prinzipien der Vereinten Nationen verbürgen«. Falls einer der Vertragspartner in den Kriegszustand versetzt werden sollte, »so wird die andere vertragschließende Partei sofort mit allen ihr zu Gebote stehenden Mitteln militärischen und anderweitigen Beistand leisten«. Die beiden Staaten verpflichteten sich, »im Geiste der Freundschaft und Zusammenarbeit und gemäß der Prinzipien der Gleichberechtigung, der gegenseitigen Interessen sowie der gegenseitigen Respektierung der staatlichen Souveränität und territorialen Integrität und der Nichteinmischung in die inneren Angelegenheiten der anderen Partei die wirtschaftlichen und kulturellen Beziehungen zu entwickeln und zu festigen und sich jeden nur möglichen Beistand zu leisten«. Die UdSSR gab an China die Hafenstadt Port Arthur und die Tschang-Tschung-Eisenbahn zurück. Peking erhielt einen langfristigen Kredit im Gegenwert von 300 Millionen Dollar. Der Vertrag hatte eine Laufzeit von zunächst 30 Jahren. Am 3. April 1969 hat ihn China »angesichts der Tatsache, daß in der internationalen Lage große Veränderungen stattgefunden haben« gekündigt.

1951

Kohle und Stahl

Adenauer-Rede zur Mitbestimmung
vor dem Bundestag

Meine Damen und Herren! Die besonderen Umstände, unter denen dieser Gesetzentwurf an das Hohe Haus gelangt ist, rechtfertigen es, daß ich einige allgemeine Bemerkungen dazu mache.

Sie wissen, daß in der Beratung der zuständigen Ausschüsse zur Zeit die drei Gesetzentwürfe sind, welche die gleiche Materie behandeln: der Gesetzentwurf der Bundesregierung und die Gesetzentwürfe der beiden Fraktionen der CDU/CSU und der SPD. Nur besondere Umstände können es rechtfertigen, daß während dieser parlamentarischen Beratung der Materie die Bundesregierung Ihnen einen Gesetzentwurf vorlegt, der die Materie für einen Teil der Industrie, für die Kohlenindustrie und die eisenschaffende Industrie, regeln soll. Die Gründe, die die Bundesregierung veranlaßt haben, diesen besonderen Schritt zu tun, sind Ihnen und der deutschen Öffentlichkeit zwar bekannt; aber ich darf sie doch in Ihr Gedächtnis zurückrufen.

Auf dem Gebiet der *eisenschaffenden Industrie* ist unter der britischen Militärregierung eine Regelung bei der Besetzung der Aufsichtsräte erfolgt, die eine *Vertretung der Arbeitnehmerschaft* in diesen *Aufsichtsräten* sicherstellte. Diese alliierten Bestimmungen werden ja eines Tages der Vergangenheit angehören. Und nun ist in einem Gremium die Frage an den Herrn Bundeswirtschaftsminister gestellt worden, welche Regelung die Bundesregierung vorzunehmen gedenke, wenn jene alliierte Regelung ihr Ende gefunden habe. Über die Antwort, die der Herr Bundeswirtschaftsminister gegeben hat, ist eine Meinungsverschiedenheit entstanden. Auf seiten der Arbeitnehmerschaft, insbesondere der Gewerkschaften, war durch seine Antwort der Eindruck entstanden, daß die Bundesregierung beabsichtige, sobald diese Materie durch deutsches Gesetz geregelt werden könne, den Arbeitnehmern die Möglichkeiten, die sie jetzt haben, wieder zu nehmen. Der Herr Bundeswirtschaftsminister hat entschieden in Abrede gestellt, daß seine Ausführungen in diesem Kreise nach der von mir gekennzeichneten Richtung hin auszulegen seien. Immerhin: die Beunruhigung war entstanden, und diese Beunruhigung hat dann weiter um sich gegriffen und zu den Ihnen bekannten Kündigungen zunächst im Gebiet der eisenschaffenden Industrie und dann im Gebiet des Kohlenbergbaus geführt.

In einem demokratischen Staatswesen kann es einen *Streik gegen die verfassungsmäßigen Gesetzgebungsorgane* nicht geben. Das Koalitionsrecht, auf das Sie sich berufen, sichert nur das Recht, zur Wahrung und Förderung der Arbeits- und Wirtschaftsbedingungen Vereinigungen zu bilden. Es kann keine Rede davon sein, daß die verfassungsgesetzlich gewährleistete Koalitionsfreiheit einer organisierten Minderheit, die die Gewerkschaften vom Ganzen aus gesehen sind, das Recht gibt, durch Niederlegung der Arbeit die Wirtschaft lahmzulegen, um dadurch bestimmte Akte der Gesetzgebung zu erzwingen.

Auch das Tarifvertragsgesetz kann zur Begründung Ihrer Auffassung schon deshalb nicht herangezogen werden, weil Streitigkeiten aus einem Tarifvertrag nicht vorliegen. Ich habe wiederholt Gelegenheit gehabt anzuerkennen, daß die *Haltung des Deutschen Gewerkschaftsbundes* in wichtigen wirtschafts- und sozialpolitischen Fragen von einer maßvollen Besonnenheit und dem Bewußtsein der Verantwortung für die Allgemeinheit bestimmt war. Ich schöpfe daraus die Hoffnung, daß das verfassungsmäßige Gesetzgebungsverfahren im Bundestag über das Mitbestimmungsrecht von den Gewerkschaften nicht gestört werden wird. Es läge wahrhaft im Interesse aller Schichten der Bevölkerung, wenn ihr in dieser Zeit ernster, ja bedrohlicher Spannungen ein solcher Konflikt erspart bliebe. Ich bin überzeugt, daß Ihre Auffassung der Sorge um die soziale Gestaltung der Arbeits- und Wirtschaftsordnung in der Bundesrepublik entspringt. Die Vorstellungen, wie dieses Ziel erreicht werden kann, mögen verschieden sein; die Entscheidung darüber steht allein den verfassungsmäßigen Trägern der politischen Willensbildung zu.

Meine Damen und Herren! Ich halte es für unmöglich, daß in einem demokratischen Staat irgendwelche derartige Beeinflussungen des Parlaments stattfinden dürfen. (Abg. Renner: Aber die Remilitarisierung machen Sie ganz alleine!)

– Herr Renner, Sie sind nun doch derjenige, der zuletzt berufen ist, in einer solchen Sache etwas zu sagen. (Sehr gut! und Beifall in der Mitte und rechts. – Abg. Renner: Demokratie, wie Sie sie auffassen!)

Diese *Sonderregelung,* die nach dem Ihnen vorliegenden Gesetzentwurf für *Kohle und Eisen* getroffen werden soll, begrenzt sich nach den geführten Verhandlungen auf diese beiden Gebiete. Es scheint mir auch – das möchte ich in der Öffentlichkeit ebenfalls betonen – richtig zu sein, wenn man bezüglich des Mitbestimmungsrechts der Arbeitnehmer Kohle und Eisen einer Sonderregelung unterwirft. Ich glaube, daß das in der geschichtlichen Entwicklung der ganzen Angelegenheit begründet ist, und zwar einmal in den Spannungen, die in den vergangenen Jahrzehnten in dem rheinisch-westfälischen Industriegebiet – und um dieses handelt es sich ja in der Hauptsache – vorhanden gewesen sind; aber es erscheint mir auch deswegen begründet, weil unter der Herrschaft der Alliierten die Arbeitnehmer in der eisenschaffenden Industrie schon seit 1947 Rechte eingeräumt bekommen hatten, von denen sie im allgemeinen – auch das lassen Sie mich hier sagen – einen durchaus verständigen und maßvollen Gebrauch gemacht haben.

Man kann aber, wenn man durch ein deutsches Gesetz eine Regelung für die eisenschaffende Industrie trifft, nicht an der Kohle vorbeigehen. Kohlenbergbau und eisenschaffende Industrie stehen sowohl örtlich als auch wirtschaftlich und sozial in engstem Zusammenhang. Daher können nach meiner Auffassung die Regelungen nur für beide Zweige der Industrie gemeinsam erfolgen.

Die Einigung unter den Sozialpartnern, meine Damen und Herren, ist erfolgt. Ich habe es darauf übernommen – das hatte ich den Sozialpartnern vorher mitgeteilt –, das Kabinett zu fragen, ob es bereit sei, diese Einigung zur Grundlage, zum Inhalt eines Gesetzentwurfs zu machen, der dann dem Bundestag zuzuleiten sei. Das, meine Damen und Herren, ist die Vorgeschichte des heutigen Gesetzentwurfs.

1953

Keine Beeinträchtigung

Querelen um Senkung der Einkommensteuer

Vom Bundesfinanzministerium wurden am 14. Februar 1953 die Bedenken der drei alliierten Hochkommissare zurückgewiesen, die geplante 15prozentige Senkung werde den deutschen Verteidigungsbeitrag beeinträchtigen. In einem Schreiben an die Bundesregierung hatten sie ihr Befremden darüber ausgedrückt, daß in der Bundesrepublik Steuersenkungen vorgenommen würden zu einem Zeitpunkt, wo andere Länder nur unter größten Schwierigkeiten die Mittel für ihren Verteidigungsetat aufbrächten. Sie hofften, daß die Pläne der Bundesregierung nicht zu einer Beeinträchtigung der deutschen Leistungsfähigkeit bei der Aufbringung des Verteidigungsbeitrages führten. Im Finanzministerium wurde auf die Etat-Rede von Minister Schäffer verwiesen, in der dieser erklärt hatte, die vorgesehene Steuersenkung diene dazu, die deutsche Wirtschaft leistungsfähiger für die aus den Westverträgen zu erwartenden Verpflichtungen zu machen. Im übrigen erhebe die Bundesrepublik unter allen westlichen Ländern die höchsten Steuern. *(SZ)*

1956

Nach Stalins Tod

XX. Parteitag der KP der Sowjetunion

Es war dies am 14. Februar 1956 der erste Parteitag nach dem Tode Stalins. Sein Höhepunkt war die Verurteilung des 1953 gestorbenen Diktators durch Chruschtschow.

Am ersten Tag des Parteikongresses war davon aber noch nicht die Rede. Chruschtschow erläuterte den 1424 Delegierten die Außenpolitik Moskaus. Ihr Hauptziel sei nach wie vor die Fortsetzung der Politik der friedlichen Koexistenz und gleichzeitig die Stärkung der militärischen Macht der sozialistischen Staaten. Die UdSSR werde sich besonders bemühen, die freundschaftlichen Beziehungen zu allen Staaten, die keinen Militärbündnissen angehören, zu vertiefen; aber auch die Beziehungen zu den Westmächten, der Bundesrepublik und Japan sollten verbessert werden. Die UdSSR trete für ein kollektives Sicherheitssystem in Europa und Asien und für eine weltweite Abrüstung ein: »Dem Leitwort ›Laßt uns rüsten‹ muß das Schlagwort ›Laßt uns Handel treiben‹ entgegengestellt werden.« *(SZ)*

1964

Vorsicht Mr. Dodd

Deutscher Spielfilm

In der Rolle eines Geheimagenten wider Willen begeistert Heinz Rühmann alias Mr. Dodd-Marmion sein Publikum. Als Krimi-Spaß konzipiert, wurde der von Günther Gräbert gedrehte Film am 14. Februar 1964 uraufgeführt.

Mister Lancelot Dodd, Direktor eines Landschulheimes in England, kommt wie aus heiterem Himmel zu einem gangster-, pistolen- und geheimnisgespickten Abenteuer erster Güte.

Er sieht nämlich dem Dr. Ivor Marmion so ähnlich wie

ein Zwilling dem anderen. Und Dr. Marmion verursacht dem Chef des britischen Geheimdienstes, Sir Gerald Blythe, Kopfschmerzen, Sodbrennen und alle anderen Arten körperlicher und seelischer Unbill.

Marmion handelt mit Staatsgeheimnissen wie andere Leute mit Käse oder Kugellagern. Dazu nennt er sich noch einen Weltverbesserer, der dadurch, daß er das Gleichgewicht des Schreckens zwischen den Mächten aufrechterhält, dem Weltfrieden dient (nebenbei verdient er mit seiner »Weltverbesserung« Millionen).

Geheimnis-Hauptlieferant ist die britische Regierung. Das schuf jenes ausgeprägte Unbehagen bei Sir Gerald. Für ihn ist es klar, daß etwas geschehen muß, denn wenn nichts geschah, dann würde etwas geschehen. Da kommt der rettende Einfall: Sir Gerald erinnert sich an diesen Direktor des Landschulheimes, wo sich sein kleiner Sohn befindet, der jenem Dr. Marmion zum Verwechseln ähnlich sieht. Er muß die Rolle Marmions spielen. Auf diese Weise kann man die Verbindungsleute kassieren.

Aber Mister Dodd will nicht. Er zwirbelt seinen Schnurrbart, spricht vom Schulgründungsfest und teilt in der ihm eigenen Art seine Sätze in a, b und c ein. Erst mit Hilfe eines Fotos der Königin von England und der unterschwellig gespielten britischen Nationalhymne kann Sir Gerald ihn weich bekommen. Denn ein Patriot ist Mister Dodd sehr wohl.

Sie rasieren ihm seinen Schnurrbart ab und erklären ihm alles. Er müßte im Hotel Excelsior Marmion spielen, dem Geheimnisverkäufer Howard den geforderten Preis bezahlen, und dann würden schon die überall lauernden Geheimdienst-Agenten den Verräter in flagranti verhaften. Es wäre alles ganz einfach, und eine Orgel für sein Schulheim bekomme er auch.

Marmion-Dodd begibt sich also in das von Marmion gemietete Appartement im Excelsior und beginnt seine gefährliche Tätigkeit im Dienste des Staates.

Die Dinge, die sich nun abspielen, sind indes leider nicht auf Dodd'sche Art mit a, b und c zu vereinfachen. Das Leben ist hart und hält oftmals ein ganzes Alphabet parat.

a) Dodd unterhält sich freizügig mit dem Zimmerkellner Toni darüber, daß er gar nicht Marmion, sondern eben Dodd sei, weil er der Ansicht ist, daß Toni der ihm vom Geheimdienst zugeteilte Beschützer sei.

b) Toni ist jedoch der Gehilfe des Gangsters Miller, der das Millionengeschäft mit den britischen Raketenabschußrampen-Plänen an Stelle Howards machen will.

c) Howards Leibwächter Buddy demontiert sämtliche vom Geheimdienst versteckten Mikrophone.

d) Gangster Toni setzt die zu Dodds Schutz eingesetzte Geheimdienstsekretärin Miss Parker mit einem Schlafmittel außer Gefecht.

e)–s) Gangster Miller schlägt Gangster Buddy bewußtlos. Dodds Schulsekretärin Mrs. Davis ruft Dodd an, um ihm mitzuteilen, daß sich die Jungens unmöglich benehmen. Dabei entlarvt sie ungewollt Dodd. Nun zielt Howard mit seinem Revolver auf Dodd, und auch Miller betritt mit gezückter Pistole den Raum. Zum Glück erschießen sich Howard und Miller gegenseitig durch den Hausmantel Dodds hindurch.

t)–z) Der wirkliche Marmion trifft ein und versucht sogleich, Dodd zu erschießen. Die Geheimdienstleute treffen ein und versuchen, Marmion zu verhaften. Weil aber schließlich alles ganz anders eintritt als vorgesehen, kommt dieser Film zu einem verblüffenden Ende.

Sir Gerald atmet auf und sagt zu seinem Assistenten: »Was haben Sie eigentlich gegen Laien und Amateure?«

1969

Vorwürfe zurückgewiesen

DDR-Störaktionen
wegen der Wahl des Bundespräsidenten in West-Berlin

Energisch protestierte am 14. Februar 1969 die DDR gegen die Wahl des Bundespräsidenten in West-Berlin. In einer Erklärung des DDR-Ministerrats wurde West-Berlins Bevölkerung aufgefordert, ihre Stadt aus der »Abhängigkeit von der Bonner Revanchepolitik zu befreien«. Die Wahl des Bundespräsidenten in West-Berlin sei eine Provokation. Die von Bonn geplante Störaktion könne nicht ohne Folgen bleiben, die DDR könne »gezwungenermaßen« Anordnungen treffen müssen, um »Frieden und Recht zu sichern«. Gleichzeitig wurde noch einmal auf die am 8. Februar verfügte Anordnung hingewiesen, daß allen Mitgliedern der Bundesversammlung die Durchfahrt durch das Gebiet der DDR verboten worden sei. Am Tag vorher hatte der sowjetische Botschafter Zarapkin Bundeskanzler Kiesinger eine Protestnote überreicht. In ihr wurde der Bundesregierung das Recht abgesprochen, die Bundesversammlung nach Berlin einzuberufen. Bundeskanzler Kiesinger wies die Vorwürfe zurück. *(SZ)*

1972

Paquito heizt den Spaniern ein

Francisco-Fernando Ochoa schlägt den Slalom-Assen
bei den Winterspielen ein Schnippchen

Neben dem Sensationssieg der Münchner Eisschnell-Läuferin Monika Pflug war der Erfolg des Spaniers Francisco-Fernando Ochoa eine der größten Überraschungen der Olympischen Spiele 1972 in Sapporo. Die Süddeutsche Zeitung berichtete über den Slalom-Wettbewerb an diesem Tag: »Für Augenblicke ließ spanisches Feuer, ließen spanische Temperamentsausbrüche die schneidende Kälte vergessen. Francisco-Fernando Ochoa, der Mann aus dem Süden, hatte seinen wenigen Landsleuten, die im Ziel standen, so eingeheizt, daß ihnen Handschuhe und Wollmützen lästiger Ballast waren, die sie wie übermütige Kinder in die Luft warfen. Ihr ›Paquito‹ hatte die Goldmedaille gewonnen. Und weil ihr Sieger doch ein wenig zu schwer war, flog er nicht so hoch wie Handschuhe und Mützen. Spanien gewann die erste Medaille bei Olympischen Winterspielen. Ausgerechnet bei den Alpinen, wo sie bisher fast nur unter die Läufer der Alpenländer verteilt wurden. Und gleich eine in Gold. Die Tatsache allein ist eine Sensation.« Und an anderer Stelle: »In roter Hose, rotgelbem Pullover, Turnschuhen und Knieschützern, einem Handballtorwart ähnlicher als einem Skipiloten, saß er dann der Presse gegenüber: ›Ich habe zwar mit einer Medaille gerechnet, aber nie an Gold gedacht.‹ Freude und Verwunderung waren ihm immer noch in die Augen geschrieben...« Das Ende des Berichts: »Etwa 30 Skirennfahrer gibt es in Spanien. Einer davon holte die Goldmedaille. Mehrere Tausend davon rasen in Deutschland über Rennpisten. Die besten von ihnen gingen leer aus.« Christian Neureuther aus Garmisch-Partenkirchen, heute Ehemann von Rosi Mittermaier, belegte Rang elf. Silber und Bronze holten Gustav und Roland Thöni, die beiden Südtiroler.

1976

Rechenkunststück um Bronze

Deutsches Eishockeyteam wird in Innsbruck
Dritter hinter UdSSR und CSSR

Am Nachmittag des 14. Februar 1976 wird das schier Unglaubliche wahr: Die deutsche Eishockey-Mannschaft gewinnt in Innsbruck die Bronzemedaille. Bis zuletzt glauben auch die Spieler, man müsse das US-Team dazu mit vier Toren Unterschied besiegen. Es glückt aber nur ein 4:1-Sieg. Alles vorbei? Nein, der Torquotient entscheidet. Finnen, Deutsche und Amerikaner sind punktgleich, die direkten Spiele entscheiden. Das Torverhältnis der US-Mannschaft ist negativ, sie wird Fünfter. Die Finnen haben neun geschossene Tore, geteilt durch acht erhaltene, macht 1,125. Die Deutschen: sieben geteilt durch sechs, macht 1,166. Mit einem um 0,041 besseren Torquotienten gewinnen die Deutschen Bronze vor den Finnen und feiern den größten Erfolg ihrer Geschichte. Denn 1932 wurde deutsche Bronze in Lake Placid unter nur vier Teilnehmern errungen. Die Russen holen ihr fünftes Eishockeygold nach 1956, 1964 bis 1972. Beim 4:3-Finalsieg über die CSSR haben sie allerdings großes

Glück. Vier Minuten vor Schluß liegen die Sowjets 2:3 zurück, da gelingen Charlamow und Jakuschew doch noch die Siegestreffer. Zwei Monate später wird die CSSR überlegen vor der UdSSR Weltmeister.

1980

Nackte Lucretia
Cranach-Gemälde gestohlen

Eines der wertvollsten Gemälde des schwedischen Nationalmuseums in Stockholm, eine nackte »Lucretia« des Deutschen Lucas Cranach dem Älteren (1472 bis 1553) ist am 14. Februar 1980 am hellichten Tag von der Wand gestohlen worden. Wie das geschehen konnte, ist vorläufig ein Rätsel, da das Bild auf Holz gemalt ist, also nicht zusammengefaltet werden kann und ein Format von 57 mal 39 Zentimetern hat. Das Gemälde war von einem Zeitgenossen Cranachs, dem schwedischen König Gustaf I., Vasa (1486 bis 1560) gekauft und nach Schweden gebracht worden.

Rekorde des Tages

Schneller laufen, weiter springen, tiefer tauchen – der Mensch will hoch hinaus. Seit der Neandertaler hinter Hasen her- und vor Bären davonlief, jagt der Mensch Rekorden nach – einem kleinen Stück Unsterblichkeit, das z. B. Herrn P. (8000 bemalte Ostereier) mit Picasso (13 500 Gemälde) verbindet und die Kopenhagener Friseure (33 Jahre Streik) mit Mozart (der in gleicher Zeit 1000 Meisterwerke schuf). »Ihre« persönlichen Geburtstagsrekorde:

Am 14. Februar 1980 vertilgte der Amerikaner Thomas Greene 250 Austern (!) in 3 Minuten und 56 Sekunden (das Gesamtgewicht der in den Mund gestopften Meeresfrüchte betrug 3,21 Kilogramm). Ironie der Rekordgeschichte: Am selben 14. Februar 1980 starteten Debbie Luray und Jim Schuyler einen Rekordversuch, der ebenfalls mit dem Mund zu tun hatte bzw. mit 2 Mündern oder 4 Lippen – die beiden küßten sich und andere anläßlich einer »Großen Knutschparade« in Florida 5 Tage und 12 Stunden lang, bis ihnen der Atem wegblieb. Gemundet hat's mindestens so wie die Austern, darf man annehmen...

Apropos zarte Bande: Am 14. Februar 1975 veranstaltete der südkoreanische pseudochristliche Sektenchef Moon in Seoul die größte Massenhochzeit in der Geschichte der Eheschließung (1800 Brautpaare gaben sich mit verklärten Gesichtern das »Ye«-Wort). Die längste Tischrede aller Zeiten endete am 14. Februar 1978 nach 11 Stunden Dauerpalaverns »unentschieden« zwischen Mr. Brandreth und Mr. Parsons in London.

Chronik unseres Jahrhunderts
Welt- und Kulturgeschichtliches von 1900–1980

	Schlagzeilen	Kultur
1900	In Deutschland tritt Bürgerliches Gesetzbuch (BGB) in Kraft. Boxeraufstand in China niedergeschlagen. Erste Autodroschke in Berlin. Pariser Weltausstellung.	G. Hauptmann: Michael Kramer. Rilke: Geschichten vom lieben Gott. Puccini: Tosca. Sibelius: Finlandia. Max Planck begründet Quantentheorie. Erster Zeppelin.
1901	Friedens-Nobelpreis an H. Dunant und F. Passy. US-Präsident McKinley ermordet, Nachf. Th. Roosevelt. Ibn Saud erobert arab. Reich. Pers. Ölfelder erschlossen.	Physik-Nobelpreis an W. Röntgen. Th. Mann: Buddenbrooks. A. Schnitzler: Leutnant Gustl. I. Pawlow beginnt Tierexperimente. Erhaltenes Mammut in Sibirien gefunden.
1902	Italien erneuert Dreibund. L. Trotzki flieht aus Rußland. Südafrika brit. Kolonie. Frauenwahlrecht in Australien. Kuba Freistaat unter US-Protektorat.	Literatur-Nobelpreis an Th. Mommsen. Ibsen: Gesammelte Werke. D'Annunzio: Francesca da Rimini. Debussy: Pelleas et Melisande. Cushing: Erste Nervennaht.
1903	USA erwerben Panamakanalzone. Judenpogrome in Rußland. Ford gründet Autogesellschaft. Siemens-Schuckert-Werke gegründet. Erste Tour de France.	G. Hauptmann: Rose Bernd. G. Klimt: Deckengemälde in der Wiener Universität. Schnitzler: Reigen. Erster Motorflug der Brüder Wright. Steiff ersinnt Teddybär.
1904	Herero-Aufstand in Deutsch-Südwestafrika. Frz.-brit. »Entente cordiale«. Tagung der 2. Internationale in Amsterdam. Autofabrik Rolls Royce gegr. Daimler-Werk in Untertürkheim.	A. Holz: Daphnis. Puccini: Madame Butterfly. Th. Boveri entdeckt Chromosomen als Erbträger. M. Curie erforscht radioaktive Substanzen. Duncan gründet Tanzschule.
1905	Friedens-Nobelpreis an B. v. Suttner. Sieg Japans im Krieg gegen Rußland. Zar erläßt Verfassung. Bergarbeiterstreik im Ruhrgebiet. Schweizerische Nationalbank.	Gorki: Die Mutter. H. Mann: Professor Unrat. R. Strauss: Salomé. Erster (frz.) Film. Medizin-Nobelpreis an R. Koch für Tuberkuloseforschung. Elektr. Glühlampe.
1906	Friedens-Nobelpreis an Th. Roosevelt. Südafrika erhält von Großbritannien Recht auf Selbstverwaltung. A. Dreyfus freigesprochen. Schah gibt Persien Verfassung.	Erste internationale Konferenz für Krebsforschung in Heidelberg u. Frankfurt/Main. Größerer Vesuvausbruch. Erdbeben und Großfeuer vernichten San Francisco.
1907	Allgemeines Wahlrecht in Österreich. Lenin flieht ins Ausland. Stalin überfällt Geldtransport für bolschewist. Parteikasse. Royal-Dutch-Shell-Gruppe gegründet.	Mahler geht an die Metropolitan Oper New York. Ido als reform. Picasso wendet sich dem Kubismus zu. C. Hagenbeck gründet Hamburger Tierpark.
1908	Hamburgisches Weltwirtschaftsarchiv. Österreich-Ungarn annektiert Bosnien und Herzegowina. Luftschiffbau Zeppelin. Einschlag eines Riesenmeteors in Sibirien.	Chemie-Nobelpreis an E. Rutherford (Radioaktivität). Freud: Charakter und Analerotik. Rilke: Neue Gedichte. G. E. Hale entdeckt Magnetfelder der Sonnenflecken.

Schlagzeilen	Kultur	
Neue dt. Verbrauchssteuern. Vorentwurf für neues dt. Strafgesetzbuch. Dt. Kfz-Gesetz. Schah flieht nach nationalist. Aufstand nach Rußland. Erste Dauerwelle.	Literatur-Nobelpreis an S. Lagerlöf. Duse verläßt Bühne. S. Diaghilew zeigt Ballet Russe in Paris. Mahler: 9. Symphonie. R. Strauss: Elektra. R. E. Peary am Nordpol.	1909
Japan annektiert Korea. Weltausstellung in Brüssel. China schafft Sklaverei ab. Erste Kleinepidemien an Kinderlähmung in England. Portugal wird Republik.	Strawinsky: Der Feuervogel. Karl May: Winnetou. Rilke: Aufzeichnungen des Malte Laurids Brigge. Manhattan-Brücke in New York. Käthe Kruse-Puppen.	1910
Reichsversicherungsordnung. Erstmalig Flugzeuge bei dt. Manövern. Regierungskrise in Österreich. Sozialversicherung in England. Kanada baut eigene Flotte.	Hofmannsthal: Der Rosenkavalier, Jedermann. Mahler: Das Lied von der Erde. A. Schönberg: Harmonielehre. R. Wagner: Mein Leben (postum). Erste dt. Pilotin.	1911
Dt. Kolonialbesitz 3 Mio. km² mit 12 Mio. Einwohnern. Untergang der Titanic. Erster engerer Kontakt Lenins mit Stalin. Beginn des Balkankrieges gegen die Türkei.	Literatur-Nobelpreis an G. Hauptmann. R. Strauss: Ariadne auf Naxos. Shaw: Pygmalion. Nofretete-Büste aufgefunden. Röntgenstrahlen. Nichtrostender Krupp-Stahl.	1912
Sylvia Pankhurst (engl. Suffragetten-Führerin) wiederholt festgenommen. Internationaler Gewerkschaftsbund in Amsterdam. Woodrow Wilson Präsident der USA.	Literatur-Nobelpreis an R. Tagore (Indien). Freud: Totem und Tabu. Strawinsky: Le Sacre du printemps. Th. Mann: Der Tod in Venedig. Alex. Behm: Echolot.	1913
Ausbruch des Ersten Weltkrieges. Übergang zum Stellungskrieg in West und Ost. Schlacht bei Tannenberg. Höhepunkt d. engl. Suffragettenbewegung. Gandhis Rückkehr nach Indien.	Th. Mann: Tonio Kröger. Erste dt. Abendvolkshochschulen. Jazz dringt in Tanzmusik ein. Sechsrollen-Rotationsmaschine druckt 200000 achtseitige Zeitungen/Stunde.	1914
Winterschlacht in den Masuren: russ. Armee vernichtet. Dt. Luftangriffe auf London u. Paris. Beginn der Isonzoschlachten. Verschärfter dt. U-Boot-Krieg.	Literatur-Nobelpreis an R. Rolland. Meyrink: Der Golem. Scheler: Vom Umsturz der Werte. Blüte des klass. New Orleans-Jazzstils, durch weiße Musiker Dixieland.	1915
Bildung dt. Fliegerjagdstaffeln. Anwendung hochwirksamer Gase an den Fronten. Entscheidungslose Seeschlacht vor dem Skagerrak. Gasmaske u. Stahlhelm im dt. Heer.	Kafka: Die Verwandlung. M. Liebermann: Die Phantasie in der Malerei. F. Sauerbruch konstruiert durch Gliedstumpfmuskeln bewegliche Prothesen.	1916
USA erklären Deutschland den Krieg. Uneingeschränkter dt. U-Boot-Krieg. G. Clémenceau frz. Ministerpräsident. Erschießung Mata Haris als dt. Spionin in Paris.	G. Benn: Mann u. Frau gehen durch eine Krebsbaracke. Hamsun: Segen der Erde. Pfitzner: Palestrina. O. Respighi: Le fontane di Roma. DIN-Ausschuß gegründet.	1917
Ende des Ersten Weltkrieges. Allgem. dt. Frauenstimmrecht. Gründung der KPD. In Ungar. Republik ausgerufen. Gründung der Republiken Litauen, Estland u. Lettland.	Physik-Nobelpreis an M. Planck. H. Mann: Der Untertan. H. St. Chamberlain: Rasse und Nation. J. Péladan: Niedergang d. lat. Rasse. Film: Ein Hundeleben (Ch. Chaplin).	1918
R. Luxemburg u. K. Liebknecht von Rechtsradikalen ermordet. Ebert erster Reichspräsident. Friedensverträge von Versailles u. St. Germain. NSDAP gegründet.	R. Strauss: Frau ohne Schatten. K. Kraus: Die letzten Tage der Menschheit. V. Nijinskij gisteskrank. Abschaffung der Todesstrafe in Österr. Prohibition in den USA.	1919
Hitlers 25-Punkte-Programm im Münchener Hofbräuhaus. Ständiger Internat. Gerichtshof im Haag gegr. O. Bauer: Austromarxismus. Maul- u. Klauenseuche in Dtld.	Literatur-Nobelpreis an Hamsun. E. Jünger: In Stahlgewittern. Mallarmés Nachlaß erscheint. Strawinsky: Pulcinella. Dt. Lichtspielgesetz mit Filmzensur.	1920

	Schlagzeilen	Kultur
1921	Erstes Auftreten der SA. Habsburger in Ungarn entthront. X. Parteitag der russ. Kommunisten bekräftigt Einheit der Partei. K.P. Atatürk verkündet Verfassung.	Physik-Nobelpreis an Einstein. A. Heusler: Nibelungensage. C.G. Jung: Psycholog. Typen. Kretschmer: Körperbau und Charakter. E. Munch: Der Kuß.
1922	Rathenau von Rechtsradikalen ermordet. Deutschlandlied Nationalhymne. Mussolini Ministerpräsident. Nansenpaß für staatenlose Flüchtlinge. Bildung der UdSSR.	Pius XI. Papst (bis 1939). Galsworthy: Forsyte-Saga. Hesse: Siddharta. J. Joyce: Ulysses. Spengler: Untergang des Abendlandes. A. Schönberg: Zwölftonmusik.
1923	Ruhrbesetzung durch Frankreich. Inflationshöhepunkt 1 $ = 4,2 Bill. RM. Hitler-Ludendorff-Putsch in München. Muttertag aus den USA. Erdbeben in Tokio.	Th. Mann: Felix Krull. Rilke: Duineser Elegien. Picasso: Frauen. Freud: Ich und Es. Erstes dt. Selbstwähler-Fernamt. Erste Polarstation der UdSSR.
1924	Hitler schreibt Mein Kampf. Attentat auf I. Seipel. G. Mateotti von Faschisten ermordet. Trotzki abgesetzt u. verbannt. 200000 illegale Abtreibungen/Jahr vermutet.	Th. Mann: Zauberberg. Gershwin: Rhapsodie in blue. Puccini: Turandot. Film: Nibelungen (F. Lang), Berg d. Schicksals (L. Trenker). Tod Mallorys u. Irvings am Mt. Everest.
1925	Friedens-Nobelpreis an Chamberlain u. Dawes. Neugründung der NSDAP. Bildung der SS. Verschärfung der faschist. Diktatur in Italien. Greenwichzeit Weltzeit.	Literatur-Nobelpreis an G.B. Shaw. F.S. Fitzgerald: Big Gatsby. A. Berg: Wozzek. Film: Ein Walzertraum, Goldrausch (Ch. Chaplin). Charleston »der« Tanz.
1926	Friedens-Nobelpreis an Briand u. Stresemann. SPD gegen Reichswehr. Hitlerjugend gegründet. Lord Halifax brit. Vizekönig in Indien. Mussolini »Duce«.	St. Zweig: Verwirrung d. Gefühle. Film: Metropolis (F. Lang), Faust (F.W. Murnau), Panzerkreuzer Potemkin (S.M. Eisenstein). Elektrische Schallplattentechnik.
1927	Arbeiterunruhen in Wien, Justizpalastbrand. Attentat auf Mussolini, Todesstrafe wieder eingeführt. Japan. Konflikt mit China. Erster Fünfjahresplan in der UdSSR.	Hesse: Steppenwolf. Zuckmayer: Schinderhannes. Heidegger: Sein und Zeit. Josephine Baker in Paris. Ch. A. Lindbergh überfliegt Nordatlantik nonstop.
1928	Reichs-Osthilfe für Ostpreußen. W. Miklas österr. Bundespräsident (bis 1938). St. Radic von serb. Radikalen ermordet. Tschiang Kaischek einigt China.	D.H. Lawrence: Lady Chatterley. St. Zweig: Sternstunden d. Menschheit. Disneys erste Micky-Maus-Stummfilme. Ravel: Bolero. Weill: Dreigroschenoper.
1929	Himmler Reichsführer SS. Trotzki ausgewiesen. Börsenkrach, Weltwirtschaftskrise (bis ca. 1933). Indien fordert Unabhängigkeit. Stalin Alleinherrscher.	Literatur-Nobelpreis an Th. Mann. Döblin: Berlin Alexanderplatz. Weill: Mahagonny. Tonfilm. Erste Fernsehsendung in Berlin. Fleming: Penicillin-Forschung.
1930	Rücktritt Regierung Müller. Brüning neuer Reichskanzler. Erster NS-Minister in Thüringen. Österr.-ital. Freundschaftsvertr. Bau d. frz. Maginotlinie.	Ortega y Gasset: Aufstand der Massen. Hesse: Narziß und Goldmund. Musil: Mann ohne Eigenschaften. Film: Der blaue Engel. Schmeling Boxweltmeister.
1931	Verbot einer dt.-österr. Zollunion. Harzburger Front: Bündnis v. Konservativen u. NSDAP. Hoover-Moratorium für internat. Zahlungen. Spanien Republik.	Enzyklika »Quadragesimo anno«. Broch: Die Schlafwandler. Carossa: Arzt Gion. Kästner: Fabian. † Schnitzler, österr. Dichter. Film: Lichter der Großstadt.
1932	Reichspräs. Hindenburg wiedergewählt. Absetzung der preuß. Regierung. Wahlsieg der NSDAP. Ende der Reparationszahlungen. Lindbergh-Baby entführt.	Physik-Nobelpreis an Heisenberg. Brecht: Heilige Johanna. A. Schönberg: Moses u. Aaron (Oper). Film: M, Der träumende Mund. Olympische Spiele in Los Angeles.

Schlagzeilen	Kultur	
Hitler Reichskanzler (»Machtergreifung«). Reichstagsbrand. Goebbels Propagandaminister. Zerschlagung der Gewerkschaften und Parteien in Deutschland.	Dt. Konkordat mit dem Vatikan. Bücherverbrennung in Berlin. † St. George, dt. Dichter. R. Strauss: Arabella. Film: Hitlerjunge Quex, Königin Christine.	1933
Ermordung der SA-Führung u. vieler Regimegegner beim sog. Röhm-Putsch. Tod Hindenburgs. Hitler Alleinherrscher. Diplomatische Beziehungen USA-UdSSR.	Barmer Bekenntnissynode. † M. Curie, frz. Physikerin. P. Hindemith: Mathis der Maler (Symphonie). Film: Maskerade. Gangster Dillinger in den USA erschossen.	1934
Friedens-Nobelpreis für Ossietzky (im KZ). Saarland wieder dt. Allg. Wehrpflicht in Deutschland. Dt.-engl. Flottenabkommen. Antijüd. Nürnberger Gesetze.	H. Mann: Henri Quatre. Chagall: Verwundeter Vogel (Gemälde). Egk: Die Zaubergeige (Oper). Film: Anna Karenina, Pygmalion. Erfindung der Hammond-Orgel.	1935
Besetzung des Rheinlands durch dt. Truppen. Volksfrontregierung in Frankreich. Annexion Abessiniens durch Italien. Beginn des span. Bürgerkrieges.	Großrechenmaschine von K. Zuse. Th. Mann ausgebürgert. E. Jünger: Afrikanische Spiele. Film: Traumulus, Moderne Zeiten. Olympische Spiele in Berlin.	1936
»Achse« Berlin–Rom. Stalinist. »Säuberungen« in der UdSSR. Beginn des japan.-chines. Krieges. Holländische Prinzessin Juliana heiratet Prinz Bernhard.	Verhaftung Pfarrer Niemöllers. Klepper: Der Vater. Picasso: Guernica (Gemälde). Orff: Carmina Burana (Kantate). Film: Die Kreutzersonate, Der zerbrochene Krug.	1937
Anschluß Österr. an Deutschland. Münchener Abkommen der Großmächte: ČSR tritt Sudetenland an Deutschland ab. Judenverfolgung in der sog. Reichskristallnacht.	† Barlach, dt. Künstler. Sartre: Der Ekel. Scholochow: Der Stille Don. Film: Tanz auf dem Vulkan. Urankernspaltung durch Hahn und Straßmann.	1938
Zerschlagung der »Resttschechei«. Rückkehr des Memelgebietes ins Dt. Reich. Hitler-Stalin-Pakt. Ausbruch 2. Weltkrieg. Dt. Sieg über Polen (»Blitzkrieg«).	Pacelli als Papst Pius XII. † Freud, österr. Psychologe. Th. Mann: Lotte in Weimar. Seghers: Das siebte Kreuz. Film: Bel ami. 800-m-Weltrekord durch Harbig.	1939
Dänemark u. Norwegen von dt. Truppen besetzt. Dt. Sieg über Holland, Belgien, Frankreich. Luftschlacht um England. Pétain frz. Staatschef. Churchill brit. Premier.	Hemingway: Wem die Stunde schlägt. R. Strauss: Liebe der Danae (Oper). † Klee, dt. Maler. Film: Jud Süß, Der große Diktator. Winterhilfswerk in Deutschland.	1940
Dt. Afrika-Korps unter Rommel. Dt. Truppen erobern Jugoslawien, Griechenland. Dt. Angriff auf UdSSR. Kriegseintritt der USA nach japan. Überfall auf Pearl Harbor.	Brecht: Mutter Courage. Werfel: Das Lied von Bernadette. Film: Reitet für Deutschland, Friedemann Bach, Citizen Kane. Schlager: Lili Marleen.	1941
Schlacht um Stalingrad. NS-Programm zur Judenvernichtung. Dt. Sieg in Tobruk, Niederlage bei El Alamein. US-Seesieg bei den Midway Inseln über Japan.	Freitod St. Zweig, dt. Dichter. Lindgren: Pippi Langstrumpf. Schostakowitsch: 7. Symphonie. Film: Bambi, Diesel. US-Atombombenprogramm.	1942
Kapitulation der dt. Stalingradarmee u. des Afrikakorps. Zusammenbruch Italiens. Großangriff auf Hamburg. Ende der Widerstandsgruppe »Weiße Rose«.	Hesse: Das Glasperlenspiel. Th. Mann: Josephsromane. † Reinhardt, dt. Regisseur. Orff: Die Kluge. Erster dt. Farbfilm (Münchhausen). Frankfurter Zeitung verboten.	1943
Rote Armee an der Weichsel. Invasion der Alliierten in Frankreich. Attentat auf Hitler scheitert am 20. Juli. Aufstand in Warschau. Raketenangriffe auf England.	Chemie-Nobelpreis an O. Hahn. Giraudoux: Die Irre von Chaillot. Sartre: Hinter verschlossenen Türen. † Kandinsky, russ. Maler. Film: Große Freiheit Nr. 7.	1944

	Schlagzeilen	Kultur
1945	Selbstmord Hitlers. Bedingungslose Kapitulation Deutschlands. Gründung der UN. Atombomben auf Japan. 2. Weltkrieg beendet. Vertreibung der ostdt. Bevölkerung.	Steinbeck: Straße der Ölsardinen. † Werfel, österr. Dichter. Britten: Peter Grimes (Oper). Film: Kolberg, Kinder des Olymp. Demontage u. Schwarzmarkt in Deutschland.
1946	Adenauer CDU-, Schumacher SPD-Vorsitzender. Urteile im Nürnberger Kriegsverbrecher-Prozeß. Entnazifizierung. Bildung der ostdt. SED. Italien Republik.	Literatur-Nobelpreis an Hesse. † Hauptmann, dt. Dichter. Zuckmayer: Des Teufels General. rororo-Taschenbücher im Zeitungsdruck. VW-Serienproduktion.
1947	Bildung der amerik.-brit. Bizone. Auflösung Preußens. US-Hilfe für Europa durch Marshall-Plan. UN-Teilungsplan für Palästina. Indien unabhängig.	Benn: Statische Gedichte. Borchert: Draußen vor der Tür. Th. Mann: Dr. Faustus. Bildung der Gruppe 47. Floßüberquerung des Pazifik durch Heyerdahl. New-Look-Mode.
1948	Blockade Berlins. Versorgung durch Luftbrücke. Währungsreform in dt. Westzonen. Gründung Israels. Gandhi ermordet. Konflikt Tito-Stalin.	Freie Universität Berlin gegründet. Kinsey-Report über Sexualität. Brecht: Puntila. Mailer: Die Nackten und die Toten. Film: Bitterer Reis, Berliner Ballade.
1949	Bildung von BRD und DDR, Adenauer erster Bundeskanzler, Heuss erster Bundespräsident. Griech. Bürgerkrieg beendet. Gründung der NATO. China Volksrepublik.	Ceram: Götter, Gräber u. Gelehrte. Jünger: Strahlungen. Orwell: 1984. † R. Strauss, dt. Komponist. Film: Der dritte Mann. Erstes SOS-Kinderdorf.
1950	Dt. Beitritt zum Europarat. Vietminh-Aufstand in Indochina gegen Frankreich. Indonesien unabhängig. Beginn des Korea-Krieges. Tibet von China besetzt.	Dogma von der Himmelfahrt Mariae. Ionesco: Die kahle Sängerin. † H. Mann, dt. Dichter. Film: Orphée (Cocteau), Schwarzwaldmädel, Herrliche Zeiten.
1951	Bildung der Montanunion. Eröffnung des Bundesverfassungsgerichts. UN-Oberbefehlshaber in Korea Mac Arthur abgesetzt. Friedensvertrag USA-Japan.	Gollwitzer: Und führen, wohin du nicht willst. Faulkner: Requiem für eine Nonne. Film: Ein Amerikaner in Paris, Grün ist die Heide. Herz-Lungen-Maschine erfunden.
1952	Deutschlandvertrag. Helgoland wieder dt. Wiedergutmachungsabkommen BRD-Israel. † Schumacher, SPD-Vors. Elisabeth II. Königin von England.	Friedens-Nobelpreis an Schweitzer. Beckett: Warten auf Godot. Hemingway: Der alte Mann und das Meer. Film: Lilli, Rampenlicht. Deutschland wieder bei Olymp. Spielen.
1953	Aufstand in der DDR. Wahlsieg der CDU. † Stalin, sowjet. Diktator. Waffenstillstand in Korea. Mau-Mau-Aufstand. Iran. Regierung gestürzt.	Heidegger: Einführung in die Metaphysik. Koeppen: Treibhaus. Henze: Landarzt (Funkoper). Film: Ein Herz und eine Krone. Erstbesteigung des Mount Everest.
1954	Pariser Verträge: Dt. Wiederbewaffnung. Aufstand in Algerien. Frz. Niederlage bei Dien Bien Phu: Teilung Indochinas. Kommunistenverfolgung in USA.	Th. Mann: Felix Krull (Ergänzung). Hartung, Piroschka. Liebermann: Penelope (Oper). Film: Die Faust im Nacken, La Strada. Rock'n' Roll. Deutschland Fußballweltmeister.
1955	Bildung des Warschauer Pakts. Adenauer in Moskau: Rückkehr der letzten Kriegsgefangenen, diplomat. Beziehungen mit UdSSR. Österr. Staatsvertrag.	† Einstein, dt.-amerik. Physiker, Th. Mann, dt. Dichter. Nabokov: Lolita. Film: Tätowierte Rose, Rififi, Ladykillers. Polio-Schluckimpfung. BMW-Isetta.
1956	Verbot der KPD. 20. Parteitag der KPdSU: Entstalinisierung. Volksaufstand in Ungarn. Israel besetzt den Sinai. Engl.-frz. Angriff auf Ägypten (Suez-Krise).	Bloch: Prinzip Hoffnung. † Brecht, dt. Dichter. Dürrenmatt: Besuch der alten Dame. Film: Der Hauptmann von Köpenick. Erstes Kernkraftwerk in England.

Schlagzeilen	Kultur	
Saarland 10. Bundesland. Absolute CDU-Mehrheit im Bundestag. Rapacki-Plan für atomwaffenfreie Zone. Sowjet. Sputnik-Satelliten, Mißerfolge der USA.	Heisenberg: Weltformel. Beckett: Endspiel. Frisch: Homo Faber. Fortner: Bluthochzeit (Oper). Film: Ariane, Die Brücke am Kwai. »Pamir« gesunken.	1957
Gründung der EWG. Berlin-Ultimatum der UdSSR. De Gaulle erster Staatspräsident der V. frz. Republik. Intervention der USA im Libanon. Scheidung Schah/Soraya.	† Papst Pius XII., Nachf. Johannes XXIII. Pasternak: Dr. Schiwago. Uris: Exodus. Henze: Undine (Ballett). Film: Wir Wunderkinder. Stereo-Schallplatte.	1958
Lübke 2. Bundespräsident. Godesberger Programm der SPD. Chruschtschow verkündet Politik der friedl. Koexistenz. Sieg der kuban. Revolution unter Castro.	Böll: Billard um halb zehn. Grass: Die Blechtrommel. Ionesco: Die Nashörner. Film: Rosen für den Staatsanwalt, Die Brücke, Dolce vita. Sowjetische Mondsonden.	1959
MdB Frenzel als Spion entlarvt. Kennedy zum US-Präs. gewählt. Frz. Atomstreitmacht (Force de frappe). Abschuß eines US-Aufklärers über UdSSR. Kongo-Unruhen.	Walser: Halbzeit. Sartre: Die Eingeschlossenen. Film: Glas Wasser, Psycho, Frühstück bei Tiffany. Privatisierung des VW-Werkes. Hary 10,0 Sek. auf 100 m.	1960
Berliner Mauer. CDU verliert absolute Mehrheit. Rebellion frz. Generäle in Algerien. Ermordung Lumumbas. US-unterstützte Schweinebucht-Landung auf Kuba gescheitert.	Amnesty International gegründet. Physik-Nobelpreis an Mössbauer. Neubau Berliner Gedächtniskirche. Frisch: Andorra. Gagarin erster Mensch in Erdumlaufbahn.	1961
Deutschlandbesuch De Gaulles. »Spiegel«-Affäre: Sturz v. Verteidigungsminister Strauß. Algerien unabhängig. Kuba-Krise: USA erzwingen Abbau sowjet. Raketen.	II. Vatikan. Konzil. Dürrenmatt: Die Physiker. † Hesse, dt. Dichter. Film: Dreigroschenoper. † Marilyn Monroe, US-Filmstar. Sturmflutkatastrophe in Hamburg.	1962
Dt.-frz. Freundschaftsvertrag. Kennedy in Deutschland. Rücktritt Adenauers, Erhard neuer Bundeskanzler. Kennedy ermordet. † Heuss, 1. Bundespräsident.	† Papst Johannes XXIII., Nachf. Paul VI. Hochhuth: Der Stellvertreter. † Gründgens, dt. Schauspieler. Film: Das Schweigen, Die Vögel. Fußball-Bundesliga.	1963
Brandt SPD-Vors. Diplomat. Beziehungen Frankreich-Rotchina. Sturz Chruschtschows, Nachf. Breschnew/Kossygin. Johnson US-Präsident. Erste chines. Atombombe.	Sartre lehnt Literatur-Nobelpreis ab. Kipphardt: Oppenheimer. Frisch: Gantenbein. Film: Alexis Sorbas. Nachrichten-Satelliten. Mond- und Planetensonden.	1964
Diplomat. Beziehungen BRD-Israel. † Churchill, brit. Politiker. Blutige Kommunisten-Verfolgung in Indonesien. US-Luftangriffe auf Nordvietnam.	† Schweitzer, dt. Philantrop. Weiss: Die Ermittlung. Henze: Der junge Lord. »Ring«-Inszenierung W. Wagners. Film: Katelbach. 1. Weltraumspaziergang.	1965
Rücktritt von Bundeskanzler Erhard. Große Koalition CDU/CSU–SPD unter Kanzler Kiesinger. Wahlerfolge der NPD. »Kulturrevolution« in der VR China.	Böll: Ende einer Dienstfahrt. Walser: Einhorn. Penderecki: Lukas-Passion. Film: Abschied von gestern. Weiche Mondlandungen. Dt. Mannschaft 2. bei Fußball-WM.	1966
† Adenauer, 1. Bundeskanzler. Unruhen bei Schah-Besuch in Berlin: Tod eines Studenten. Israels Sieg im 6-Tage-Krieg. Militärputsch in Griechenland.	Chemie-Nobelpreis an Eigen. Film: Zur Sache Schätzchen, Rosemaries Baby. 1. Herztransplantation. ZdF und ARD starten Farbfernsehen. Raumfahrtunfälle.	1967
Notstandsgesetze in der BRD. Attentat auf Studentenführer Dutschke. Mai-Unruhen in Paris. Sowjet. Einmarsch in ČSSR beendet »Prager Frühling«.	Papst gegen künstl. Geburtenkontrolle. † Barth, schweiz. Theologe. Lenz: Deutschstunde. Solschenizyn: Krebsstation. Apollo 8 mit 3 Astronauten in Mondumlaufbahn.	1968

	Schlagzeilen	Kultur
1969	Heinemann Bundespräsident. Brandt Kanzler einer SPD/FDP-Koalition. Rücktritt des frz. Präsidenten de Gaulle. Grenzkonflikt UdSSR–China am Ussuri.	Grass: Örtlich betäubt. Britten: Kinderkreuzzug (Musikal. Ballade). US-Astronaut Armstrong erster Mensch auf dem Mond. Stiftung des Wirtschafts-Nobelpreises.
1970	Treffen Brandt-Stoph in Erfurt. Gewaltverzichtsvertrag UdSSR-BRD. † de Gaulle, frz. Politiker. Kapitulation Biafras: Ende des nigerian. Bürgerkriegs.	Arno Schmidt: Zettels Traum. † Russell, brit. Gelehrter. Abbruch der Mondmission Apollo 13. Ende des Contergan-Prozesses. Deutschland 3. bei Fußball-WM in Mexiko.
1971	Anschläge der Baader-Meinhof-Terroristen. Viermächte-Abkommen über Berlin. Rücktritt von SED-Chef Ulbricht. Prozeß wegen der Morde von US-Soldaten in My Lai.	Friedens-Nobelpreis für Brandt. Bachmann: Malina. † Strawinsky, russ. Komponist. Film: Uhrwerk Orange; Tod in Venedig. Bundesliga-Skandal um Bestechungen.
1972	Extremistenbeschluß. Verhaftung der Baader-Meinhof-Terroristen. Ostverträge ratifiziert. Erfolgloses Mißtrauensvotum gegen Kanzler Brandt. SPD-Wahlsieg.	Club of Rome: Grenzen des Wachstums. Literatur-Nobelpreis an Böll. Film: Cabaret. Arab. Überfall auf israel. Mannschaft bei Olympischen Spielen in München.
1973	DDR und BRD UN-Mitglieder. † Ulbricht, DDR-Politiker. Yom-Kippur-Krieg: Ölkrise. US-Rückzug aus Vietnam. Chilen. Präsident Allende per Putsch ermordet.	Fest: Hitler. † Picasso, span. Maler. Film: Das große Fressen. Sonntagsfahrverbote wegen Ölkrise. BRD-Gebietsreform. »Floating« statt fester Wechselkurse.
1974	Scheel Bundespräsident. Rücktritt Kanzler Brandts, Nachf. Schmidt. Austausch ständiger Vertr. DDR/BRD. Sturz v. US-Präsident Nixon. Ende der griech. Militärjunta.	Dessau: Einstein (Oper). Filme: Szenen einer Ehe; Chinatown. Volljährigkeit auf 18 Jahre gesenkt. VW beendet Käfer-Produktion. Deutschland Fußballweltmeister.
1975	Entführung des CDU-Politikers Lorenz. Terroranschlag auf dt. Botschaft in Stockholm. † Franco, span. Diktator. † Kaiser Haile Selassie, Äthiopien Republik.	Bernhard: Der Präsident. Weiß: Der Prozeß. Kagel: Mare nostrum. Film: Katharina Blum. Demonstrationen gegen Kernkraftwerke. Märkisches Viertel in Berlin fertig.
1976	Krise zwischen CDU und CSU. Schmidt erneut Bundeskanzler. Israel. Kommandounternehmen in Entebbe gegen Geiselnehmer. † Mao, chines. Politiker.	† Heidegger, dt. Philosoph. DDR bürgert Liedermacher Biermann aus. Film: Einer flog übers Kuckucksnest. Letzte Dampfloks der Bundesbahn. Neues dt. Eherecht.
1977	Arbeitgeberpräs. Schleyer entführt. Erstürmung von gekaperter Lufthansa-Maschine. Selbstmord inhaftierter dt. Terroristen. Ägypt. Präsident Sadat in Israel.	† Bloch, dt. Philosoph. Grass: Der Butt. Letztes Treffen der Gruppe 47. Centre Pompidou in Paris. † Presley, US-Rockstar. † Herberger, dt. Fußballtrainer.
1978	Frieden Israel–Ägypten. Ital. Politiker Moro entführt und ermordet. Krieg Vietnam-Kambodscha. Massenselbstmord der Volkstempelsekte in Guyana.	Poln. Kardinal Woytila neuer Papst Johannes Paul II. Penderecki: Paradise lost (Oper). Film: Deutschland im Herbst. Jähn (DDR) erster Deutscher im Weltraum.
1979	Carstens Bundespräsident. 1. Direktwahl zum Europa-Parlament. Schiitenführer Khomeini stürzt Schah. UdSSR-Invasion in Afghanistan. Krieg China–Vietnam.	US-Fernsehserie Holocaust in der BRD. Moore-Plastiken für Kanzleramt. Film: Maria Braun. Reaktorunfall in Harrisburg (USA). Aufhebung der Mordverjährung.
1980	Verluste der CDU mit Kanzlerkandidat Strauß. Erfolge der »Grünen«. Bildung d. poln. Gewerkschaft Solidarität. Krieg Irak–Iran. † Tito, jugoslaw. Politiker.	Papst-Besuch in Deutschland. † Sartre, frz. Philosoph. Ermordung Lennons, brit. Musiker. Fernsehserie: Berlin Alexanderplatz. Boykott der Olympischen Spiele in Moskau.

Im Jahr 842 schworen die Söhne Ludwigs des Frommen (Bild), Karl der Kahle und Ludwig der Deutsche, die Straßburger Eide

1951 Konrad Adenauer spricht zur Mitbestimmung

1895–1973 Max Horkheimer, die zentrale Persönlichkeit der
»Frankfurter Schule«

1404–1472 Leon Battista Alberti:

Fassade des Tempio Malatestiano in Florenz

»Genossen, Stalin war ein Schwein!«
Italienische Karikatur zum XX. Parteitag der sowjetischen KP 1956

In der englischen
Unterhausdebatte 1912 wurden
Ängste vor der deutschen
Seerüstung deutlich.
Nicht zu Unrecht, wie eine
zeitgenössische Postkarte
(rechts) verdeutlicht

Stolz weht die Flagge Schwarz Weiss Rot!

Heide Rosendahl (* 1947) gewann Staffel-Gold in München 1972

Unterhaltsames zum 14. Februar

Spruch zum Valentinstag

Ein bißchen mehr Frieden und weniger Streit,
ein bißchen mehr Güte und weniger Neid;
und viel mehr Blumen während des Lebens,
denn auf den Gräbern sind sie vergebens.

Franz Günther
Laßt Blumen sprechen

»Seid nett zueinander!« ist das Motto des Valentinstages. Der Brauch, den 14. Februar als Tag des Blumenschenkens zu feiern, ist in Deutschland verhältnismäßig neu. Die Geschichte dieses Valentinstages begann hierzulande vor etwa drei Jahrzehnten. Die Anregung dazu kam – wie so vieles in unserer modernen westlichen Welt – aus Amerika. Dort werden seit langem am Valentinstag Verwandte, gute Freunde, Bekannte und Kollegen mit kleinen Aufmerksamkeiten, insbesondere mit Blumen beschenkt. Als Zeichen herzlicher Verbundenheit werden Kartengrüße verschickt. Dieser anglo-amerikanische Brauch hat eine weit zurückreichende Tradition und ist wie alle unsere religiösen Festtage mit heidnischen und christlichen Vorstellungen verknüpft. Seinen heutigen Namen hat das bis auf römische Zeiten reichende Brauchtum des 14. Februar von einem frühchristlichen Märtyrer, dem heiligen Valentin von Rom, der während der Regierung des Kaisers Claudius enthauptet wurde. Ein zweiter Heiliger dieses Namens, dessen Fest jedoch am 7. Februar begangen wird, ist der heilige Valentin von Rätien. Er war Bischof der römischen Provinz Rätien und hat als Missionar in Passau und im Alpengebiet gewirkt. Um 470 ist er in Mais/Meran gestorben. Von dort wurden seine Gebeine 739 nach Trient und 761 durch den bayerischen Herzog Tassilo in den Passauer Dom überführt. Außerdem berichtet die Legende von einem dritten heiligen Valentin, dessen Fest, ebenfalls am 14. Februar, in Terni gefeiert wird, dem etwa hundert Kilometer von Rom entfernt gelegenen Geburtsort des antiken Geschichtsschreibers Tacitus. Viele der Legenden um diese drei Heiligen wurden im Laufe der Zeit von einem auf den anderen übertragen, und so gilt ganz allgemein der heilige Valentin als Schutzheiliger der Körperbehinderten und Epileptiker. Auch bei Pest und Viehseuchen wurde sein Beistand angerufen.

Betrachtet man den Zeitpunkt des Valentinstages genauer und überdenkt die Vorstellungen, daß der heilige Valentin auch Beschützer der Liebesleute und der Bienen ist, sowie die im Mittelalter weitverbreitete Annahme, daß an diesem Tag die Paarung der Vögel beginnt, was alles auf heidnische Vorfrühlings- und Fruchtbarkeitskulte hindeutet, dann wird verständlich, daß sich dieser Festtag im Verlaufe der Jahrhunderte zu einem Tag der Verbundenheit in Herzlichkeit gewandelt hat.

Als nach der Währungsreform die amerikanischen Besatzungstruppen in Deutschland Glückwunschkarten und Fleurop-Aufträge in die Heimat zu schicken begannen, kam ein Nürnberger Blumenhändler auf die Idee, diesen anglo-amerikanischen Brauch auch in Deutschland einzuführen. Zu Anfang der fünfziger Jahre versuchte eine Gruppe Nürnberger Blumenhändler erstmals für die Einführung des Valentinstages auch in Deutschland mit Plakaten und Prospekten zu werben. Die Resonanz entsprach jedoch zunächst nicht den Erwartungen. Ein neues Brauchtum läßt sich nicht so einfach von heute auf morgen durchsetzen. So griff man zu originelleren Werbemethoden, kreierte den alljährlich stattfindenden Valentinsball der Nürnberger Floristen, der bald zu einem gesellschaftlichen Ereignis wurde, bei der Presse starke Beachtung fand und durch das löbliche Motto »Seid nett zueinander« dem Valentinstag zunehmende Breitenwirkung verschaffte. Inzwischen ist der Valentinstag auch in Deutschland als Tag des Blumenschenkens etabliert.

Mit freundlicher Genehmigung des Verfassers

Kapitän Cooks Tod auf Hawaii (1779)

Cooks Schiffe segelten Anfang Februar 1779 von Hawaii ab, kamen aber am 6. Februar in einen so schweren Sturm, daß man umkehren mußte, um die erlittenen Schäden auszubessern. Diesmal wurden die Schiffe aber ganz anders empfangen. Die Bucht war wie verlassen und nur vereinzelt ruderte ein Kahn schnell an der Küste hin. Die Eingeborenen vermieden jeden Verkehr mit den Engländern. Cook erfuhr, daß dies daran liege, weil König Terriobu abwesend sei und die Bucht mit einem Tabu belegt habe, aber es lag der Verdacht nahe, daß dies nur ein Vorwand war, damit die Häuptlinge Zeit gewannen, sich über die Art und Weise zu beraten, wie sie sich den Fremden gegenüber benehmen sollten. Wahrscheinlich hatte die unerwartete Rückkehr der Schiffe, deren Ursache sich die Eingeborenen nicht recht zu erklären wußten, allerlei Befürchtungen unter den Insulanern veranlaßt. Und dennoch sprach das unbefangene Benehmen Terriobus, der bei seiner angeblichen Rückkehr am nächsten Morgen sogleich kam, um Cook zu besuchen, und der alsbald wieder hergestellte freundliche Verkehr der Eingeborenen mit den Engländern eher dafür, daß die Insulaner anfangs nichts Böses beabsichtigten und auch nichts Schlimmes von seiten der Schiffe erwarteten.

Von jetzt an aber häuften sich die Veranlassungen zu gegenseitiger Erbitterung in bedrohlicher Weise, bis die Entwendung des Kutters der »Discovery« die unglückliche Katastrophe herbeiführte, durch welche Cook als Opfer gegenseitiger Mißverständnisse fiel.

Um das tragische Ereignis zu verstehen, ist es von Vorteil, sich die Beschaffenheit der Örtlichkeit vorzuführen, an welcher sich das Unglück zutrug. Die Bucht befindet sich an der Westseite Hawaiis; sie wird von zwei niedrigen Landspitzen begrenzt, welche etwa eine halbe Seemeile voneinander entfernt sein mögen. Nicht weit von der einen Landspitze lag das Morai, in dessen Nähe die Engländer ihre Schiffe ausbesserten. Dieses Nationalheiligtum war mit einer hölzernen Einfriedung aus Planken versehen, welche Cook wegnehmen und als Nutzholz verwenden lassen wollte, da er kein andres in der Nähe zu bekommen wußte. Die Priester widersetzten sich seinem Vorhaben, obschon sie sonst gern alles hingaben, was er verlangte. Cook kehrte sich unbegreiflicherweise aber nicht daran und ließ diese Planken von den Matrosen niederreißen. Hierdurch gab er allen Insulanern das größte Ärgernis. Die Eingeborenen hatten Cook bisher für ein Wesen höherer Art gehalten, das gekommen sei, um Segen zu spenden. Jetzt sahen sie, daß er frevelhafterweise Hand an die Dinge legen ließ, die ihnen auf Erden als das Höchste galten. Nur die Scheu, die sie vor ihm fühlten, hielt die entrüsteten Gemüter eine Zeitlang ab, ihren Unwillen auszusprechen und zu Gewalttätigkeiten zu schreiten. Außerdem ließen es die englischen Matrosen an Veranlassungen zu Händeln und Reibungen nicht fehlen. Sie traten, was selbst ihre Offiziere an ihnen tadelten, mit anmaßender Brutalität auf und zeigten sich unnachsichtlich selbst gegen kleine Diebstähle.

Am 14. Februar mit Tagesanbruch vermißte man den großen Kutter der »Discovery«. Derselbe war in der Nähe des Schiffes verankert und versenkt, damit die mächtige Sonnenhitze das Fahrzeug nicht leck machen sollte. Als man die Verankerung und die Boje genauer untersuchte, fand sich, daß das Tau durchschnitten war. Offenbar konnten nur die Eingeborenen die Täter gewesen sein. Dies versetzte Cook in die äußerste Entrüstung, und in der ersten leidenschaftlichen Aufregung beging er die Unvorsichtigkeit, sämtliche Marinesoldaten unter das Gewehr treten und mehrere Boote bemannen zu lassen.

Cook begab sich mit seinen Soldaten sogleich zum König und bedeutete ihm nach einer kurzen Unterhaltung, worin er ihn von dem Verlust des Kutters benachrichtigte, er solle an Bord der »Resolution« kommen. Der schwache alte Mann ließ sich leicht dazu bewegen und folgte Cook mit seinen beiden Söhnen.

Der Zug wurde auf dem ganzen Wege mit Zeichen der Ehrfurcht empfangen: die beiden Knaben waren bereits in der Pinasse, da kam die Mutter der beiden Knaben, eins der Lieblingsweiber des Königs, und beschwor ihn unter Tränen, den Fremden nicht an Bord zu folgen. Währenddessen eilten zahlreiche Insulaner herbei. Gleichzeitig mit dem Weibe waren zwei Häuptlinge erschienen, und diese nahmen sich ihres Oberhaupts an. Sie bestanden darauf, er sollte nicht weiter, sondern sich auf den Boden seines Reichs niedersetzen. Die Eingeborenen eilten in großer Menge herbei und scharten sich um ihren König und um Cook. Gleichzeitig bemerkte man, daß viele der Männer sich mit langen Speeren, Keulen und Dolchen bewaffneten und dicke Matten anlegten, deren sie sich statt eines Harnisches bedienten.

Diese ganze Zeit über blieb der alte König in größter Bestürzung und Ratlosigkeit auf dem Boden sitzen und

Cooks Grab auf Hawaii

wagte keinen Entschluß zu fassen. Da wurden plötzlich Steine gegen die Marinesoldaten geschleudert, und einer versuchte, den Leutnant mit einem Dolche zu erstechen; allein dieser schlug den Mann mit dem Kolben seiner Muskete nieder. Ein andrer Eingeborener bedrohte Cook mit seinem Speere, worauf dieser sein Gewehr abfeuerte und seinen Gegner niederstreckte. Jetzt erfolgte ein allgemeiner Angriff mit Steinen, worauf die Marinesoldaten ihrerseits und die Leute in den Booten Feuer gaben. Wider Erwarten hielten jedoch die Eingebornen das Feuer mit der größten Standhaftigkeit aus. Sie drangen mit furchtbarem Geschrei auf die Marinesoldaten ein.

Ehe letztere noch Zeit hatten, ihre Gewehre wieder zu laden, entspann sich ein erbittertes Handgemenge. Die Soldaten zogen sich nach ihren Booten zurück, vier derselben aber fielen der Wut des Feindes zum Opfer. Drei andre erhielten gefährliche Verwundungen. Der Leutnant bekam einen Dolchstich zwischen die Schultern.

Mittlerweile redete Cook die Eingeborenen an und versuchte sie zu beschwichtigen, aber sie hörten nicht mehr auf ihn. Er stand dicht am Rande des Wassers und drehte sich nun nach seinen Leuten um, vielleicht in der Absicht, dem Feuern Einhalt zu tun und die Boote heranzurufen. Diese Bewegung brachte ihm den Tod. Solange er den Eingebornen das Gesicht zuwandte, hatte keiner von ihnen wieder Gewalt gegen ihn versucht; sobald er aber den Rücken kehrte, stieß ihn einer mit seinem Pahua in den Rücken und er stürzte mit dem Gesicht ins Wasser.

Es war den 14. Februar 1779, an welchem England einen seiner ruhmreichsten und größten Seefahrer verlor, einen Mann, welcher der Wissenschaft größere Dienste geleistet hatte, als kaum ein andrer von seinem Berufe.

Aus »Kapitän Cooks Reisen um die Welt«,
Reinhold Verlag, Berlin 1903

Claude Monet (1840)
schreibt an den Minister Fallières

Der französische Maler Claude Monet setzte sich selbstlos für die Arbeiten seiner Kollegen ein, die nur sehr langsam allgemeine Anerkennung fanden. So machte er sich 1890 zum Wortführer einer Gruppe, die das berühmte Gemälde »Olympia« von Edouard Manet dem Louvre stiftete. Das Bild hängt heute im Musée du Jeu de Paume im Park der Tuilerien, einer dem französischen Impressionismus gewidmeten Galerie der staatlichen Sammlungen des Louvre.

Herr Minister! Ich habe die Ehre, im Namen einer Reihe von Subskribenten dem Staat die »Olympia« von Edouard Manet zum Geschenk anzubieten. Wir sind überzeugt, als Repräsentanten und Vermittler einer großen Zahl von Künstlern, Schriftstellern und Sammlern aufzutreten, die schon lange erkannt haben, welcher wichtige Platz in der Geschichte unserer Zeit dem Maler gebührt, der allzufrüh seiner Kunst und seinem Vaterlande entrissen wurde.

Der Streit, der Manets Bilder betroffen hat, die Feindseligkeiten, die ihnen beschieden waren, sind nunmehr beendet. Kampf gegen solche Eigenart würde noch bestehen, wenn wir weniger überzeugt wären von der Bedeutung des Manetschen Werkes und seinem endgültigen Triumph. Uns würde dann genügen, daran zu erinnern, um nur einige einstens verschriene und abgelehnte Namen zu nennen, was Künstlern wie Delacroix, Corot, Courbet, Millet bei der Einsamkeit ihrer Anfänge und ihrem unbeschreiblichen Ruhm nach dem Tode begegnet ist. Außerdem ist, nach dem Zugeständnis der großen Mehrheit derjenigen, die sich für die französische Malerei interessieren, die Leistung Edouard Manets nutzbringend und entscheidend gewesen. Nicht allein, daß er eine große persönliche Rolle gespielt hat, er ist mehr, ist Träger einer großen und fruchtbaren Entwicklung gewesen.

Daher erschien uns unmöglich, daß ein solches Wirken nicht auf unseren nationalen Sammlungen vertreten sein solle, daß der Meister nicht ebenfalls dort Zutritt hätte, wo sich schon seine Schüler befinden. Außerdem haben wir mit lebhafter Unruhe die drängende Bewegung des Kunstmarktes betrachtet, den Wettbewerb durch die Kaufkraft Amerikas, den leicht zu erkennenden Abfluß zahlreicher Kunstwerke nach einem fremden Erdteil, die Freude und Ruhm Frankreichs sind. Wir haben beschlossen, eines der bedeutendsten Gemälde Edouard Manets zurückzuhalten, dasjenige, wo er uns mitten im siegreichen Kampf entgegentritt als Meister seiner künstlerischen Anschauung und seines Handwerks.

Wir übergeben Ihnen, Herr Minister, die Olympia. Unser Wunsch ist, sie im Louvre aufgesteilt zu sehen unter den berühmten Meisterwerken der französischen Kunst. Wenn die Vorschriften gegen die sofortige Aufnahme stehen, wenn trotz des schon bei Courbet geschehenen Ausnahmefalles daran festgehalten werden sollte, daß erst ein Zeitraum von zehn Jahren seit Manets Tode verstrichen sein muß, so sind wir einverstanden, wenn das Museum des Luxembourg die Olympia aufnimmt und bis zum erfolgenden Wechsel bewahrt. Wir hoffen, daß Sie die Freundlichkeit haben werden, eine Tat zu unterstützen, zu der wir uns zusammengeschlossen haben, allein mit der Genugtuung, einen Akt der Gerechtigkeit zu erfüllen.

Genehmigen Sie, Herr Minister, die Versicherung meiner vorzüglichen Hochachtung.

Claude Monet.

Oscar Wilde
Aphorismen

Was ist der Unterschied
zwischen einer Laune und ewiger Liebe?
Die Laune dauert ein wenig länger.

Frauen sind da, um geliebt,
nicht um verstanden zu werden.

Zehn Jahre abenteuerliches Leben machen jede Frau zur Ruine, aber nach zwanzig Jahren Ehe hat sie etwas von der platten Nüchternheit eines öffentlichen Gebäudes.

Jede Frau wird im Verlaufe der Zeit ihrer Mutter ähnlich: das ist ihre Tragödie. Der Mann wird nie wie seine Mutter: das ist seine Tragödie.

Der einzige Weg, einer Versuchung Herr zu werden, ist der, ihr nachzugeben.

Sittlichkeit ist lediglich die Haltung,
die man gegenüber unsympathischen Menschen
einnimmt.

Mit der Gesellschaft zu leben: welche Qual!
Außerhalb der Gesellschaft zu leben:
welche Katastrophe!

Kinder lieben zunächst ihre Eltern blind;
später fangen sie an, diese zu kritisieren,
manchmal verzeihen sie ihnen sogar.

Greise glauben alles,
Männer mißtrauen allem,
die Jugend weiß alles.

Die Tragödie des Alters liegt nicht darin,
daß man alt wird, sondern daß man jung ist.

Die Zigarette ist der vollendete Typus
eines vollkommenen Genusses;
sie ist köstlich und läßt uns unbefriedigt.

Gute Vorsätze sind Schecks,
auf eine Bank ausgestellt,
bei der man kein Konto hat.

Am Kummer eines Freundes teilzunehmen,
ist leicht, aber sich an den Erfolgen
seiner Freunde mitfreuen zu können,
dazu gehört ein außergewöhnlicher Charakter.

Wer nicht auf seine eigene Weise denkt,
der denkt überhaupt nicht.

Früher erhoben wir unsere Helden zu Göttern,
jetzt ziehen wir sie in den Staub.
Volksausgaben großer Bücher sind köstlich,
Volksausgaben großer Männer sind abscheulich.

Armen Leuten Sparsamkeit zu empfehlen,
ist ebenso lächerlich wie beleidigend.
Es ist, als ob man einem Verhungernden rät,
weniger zu essen.

Nichts ist so gefährlich wie das Allzumodernsein.
Man gerät in Gefahr,
plötzlich aus der Mode zu kommen.

Heute kennt man von allem den Preis,
von nichts den Wert.

Stephan Pflicht

Ein Plauderstündchen mit Georg Thomalla (1915)

Aus Anlaß seines 60. Geburtstags traf ich mich mit Georg Thomalla im Münchner Hotel »Königshof«. Bei Kaffee und Kuchen plauderte er aus seinem Leben, erzählte Anekdoten aus seiner langjährigen Theater- und Filmpraxis, schwelgte in Erinnerungen und sprach von gegenwärtigen Aufgaben und Zukunftsplänen. Er spielte zu dieser Zeit gerade in Wien in Curth Flatows Boulevardkomödie »Der Mann, der sich nicht traut« und war nur für einen Tag zu einer Filmsynchronisation nach München gekommen, das seit langem seine Wahlheimat geworden ist. Curth Flatows »Der Mann, der sich nicht traut« wurde in Berlin fast vierhundertmal gespielt, war dann in Wien und später auch in München ein Riesenerfolg, wurde vom Fernsehen gesendet und ist heute beim Publikum untrennbar mit Georg Thomalla verbunden.

»Lieber Georg Thomalla, wie sind Sie eigentlich zum Film gekommen und Komiker geworden?«
»Ich wollte schon als kleiner Junge zum Film. Ich bin in Kattowitz geboren und in Oppeln zur Schule und selbstverständlich auch ins Kino gegangen. Da hab' ich schon gedacht: Filmschauspieler müßte man werden! Meine Eltern sind früh gestorben, und ich habe Koch gelernt. Ich habe meine Prüfung gemacht, aber schon am nächsten Tag habe ich auf der Bühne gestanden. Mein Bruder war in Dönitz in Mecklenburg Tenor, und der hat mich untergebracht. Meine erste Rolle war der alte Diener in Lehárs Operette ›Das Land des Lächelns‹.«

»Sie haben also keine Schauspielausbildung gehabt?«
»Nein, aber ich habe drei Jahre an kleinen Theatern hart gelernt für wenig Geld. Später hab' ich dann Sprechunterricht genommen und Schnellsprechen gelernt. Und dann ging ich nach Berlin, spielte u. a. in der Uraufführung von ›Herz über Bord‹ von Eduard Künneke mit Grethe Weiser, aber ich bekam dort nur kleine Rollen. Dann bin ich wieder weg von Berlin nach Gelsenkirchen. Dort war ich drei Jahre und ging dann nach Gera. Zwischendurch

spielte ich in Berlin in der Fred-Raymond-Operette ›Saison in Salzburg‹ den Parfümfabrikanten Liebling. Da sah mich der bekannte Intendant und Regisseur Heinz Hilpert, und von ihm wurde ich ans Deutsche Theater in Berlin und gleichzeitig an das Wiener Theater in der Josefstadt verpflichtet, die beiden Theater waren damals miteinander verbunden. Ich war überglücklich und habe mir auf der Rückfahrt nach Gera, wo ich ja noch engagiert war, im Zug mit dem Schlafwagenkontrolleur einen angesäuselt. Hilpert hatte mir einen Vertrag über fünfzehnhundert Mark gegeben, und außerdem hatte ich noch einen UFA-Vertrag in der Tasche mit ebenfalls fünfzehnhundert Mark, das waren zusammen dreitausend Mark. Mein Gott, ich fühlte mich wie ein König!

Aber als ich dann wieder nach Berlin kam und mein Engagement antreten wollte, da sagte meine Wirtin zu mir: Ach, mein Kleiner...

Ja, was ist denn? fragte ich.

Ach, mein Kleiner! jammerte sie. Ach, mein Kleiner... Nun geh nur mal rein!

Ich ging rein, und da lag der blaue Brief für mich, der Einberufungsbefehl!

Glücklicherweise wurde ich aber bald wieder entlassen und durfte weiter Theater spielen, wurde dann wieder eingezogen und wieder beurlaubt, und so ging das ständig hin und her.«

»Wie kam es eigentlich zu Ihrem Vertrag mit der UFA?«
»Ich war zwar noch in Gera engagiert, trotzdem bin

ich in Berlin immer zur UFA gelaufen und habe versucht, eine Rolle zu bekommen. Im Besetzungsbüro wurde ich immer wieder vertröstet. Dann hieß es eines Tages: Gehn Sie mal zu der Produktion Schmidt, da ist der Regisseur Josef von Báky, die machen gerade einen Film ›Ihr erstes Erlebnis‹. Gehn Sie mal hin, die brauchen einen kleinen Studenten.

Und ich bin hingegangen zu diesem Schmidt und hab' gesagt: Ich soll den Studenten spielen!

Da hieß es aber: Hier wird kein Student gebraucht!

So wurde ich zur Tür hinauskomplimentiert, bin aber zur andern wieder hineingegangen.

X-mal wurde ich abgewiesen, aber ich bin immer wiedergekommen. Und das hat dem Regisseur imponiert, und so bekam ich einen Vertrag. Und dann kamen viele, viele Filme. Ganz große Erfolge waren nach dem Krieg ›Fanfaren der Liebe‹ und ›Fanfaren der Ehe‹ mit Dieter Borsche. Und dann folgten noch viele gute Lustspielfilme mit Grethe Weiser, Hans Moser, Paul Hörbiger, Joe Stöckel und Oskar Sima, aber auch viele billige Filme, die sehr viel Geld eingebracht haben, vor allem den Produzenten.

»Helmut Käutner gab Ihnen dann in dem Film ›Himmel ohne Sterne‹ Gelegenheit, sich auch als Charakterschauspieler zu bewähren und von dem Klischee des Spaßmachers wegzukommen.«

»Ja, dafür bin ich Helmut Käutner noch heute dankbar. So müßte es eigentlich sein, man sollte Lustspiele und dann auch wieder etwas Ernstes spielen, so wie das die Amerikaner und die Franzosen machen. Ich denke da vor allem an Jack Lemmon, den ich ja fast immer synchronisiere. Er ist ein herrlicher Komiker und zugleich ein hervorragender Charakterdarsteller.

Nach Helmut Käutner hat mich dann auch Fritz Kortner in seinem Stück ›Zwiesprache‹ im Charakterfach eingesetzt. Bei der Arbeit mit Kortner hat mich besonders fasziniert, wieviel Wert er auf die richtige Textbehandlung legte. Das kann ja heute fast niemand mehr. Man spricht heute auf der Bühne wie auf der Straße, der Wert des Wortes geht verloren. Das gilt nicht nur für klassische Stücke; auch im Boulevardtheater muß man ernsthaft arbeiten, sich diszipliniert verhalten – Klamotte allein bringt nichts.«

»*Herr Thomalla, wie sehen Sie die Situation des gegenwärtigen deutschen und österreichischen Films? Gibt es für Sie noch lohnende Aufgaben?*«

»Um ehrlich zu sein: Es ist ein Glück, daß Curth Flatow für mich Theaterstücke schreibt. Die deutschen Filmproduzenten sollten sich mal die amerikanischen Filme mit Jack Lemmon genauer ansehen, wie das fotografiert und gespielt ist! Erste Klasse! Man kann also Lustspiele machen und trotzdem Qualität bieten. Diese Nackedeifilme, das wird vergehn. Ich glaube, auch bei uns gibt es viele Begabungen, man müßte sich nur um sie kümmern und sie fördern.«

<small>Nach einem Interview mit Georg Thomalla am 26. 2. 1975 in München, mit freundlicher Genehmigung des Verfassers</small>

Ludwig Bechstein
Des Märchens Geburt

Es war einmal eine Zeit, da es noch keine Märchen gab, und die war betrübend für die Kinder, denn es fehlte in ihrem Jugendparadiese der schönste Schmetterling. Und da waren auch zwei Königskinder, die spielten miteinander in dem prächtigen Garten ihres Vaters. Der Garten war voll herrlicher Blumen, seine Pfade waren mit bunten Steinen und Goldkies bestreut, und glänzten wetteifernd mit dem Taugefunkel auf den Blumenbeeten. Es gab in dem Garten kühle Grotten mit plätschernden Quellen, hoch zum Himmel aufrauschende Fontänen, schöne Marmorbildsäulen, liebliche Ruhebänke. In den Wasserbecken schwammen Gold- und Silberfische; in goldenen großen Vogelhäusern flatterten die schönsten Vögel, und andere Vögel hüpften und flogen frei umher, und sangen mit lieblichen Stimmen ihre Lieder. Die beiden Königskinder aber hatten und sahen das alle Tage, und so waren sie müde des Glanzes der Steine, des Duftes der Blumen, der Springbrunnen und der Fische, welche so stumm waren, und der Vögel, deren Lieder sie nicht verstanden. Die Kinder saßen still beisammen und waren traurig; sie hatten alles, was nur ein Kind sich wünschen mag, gute Eltern, die kostbarsten Spielsachen, die schönsten Kleider, wohlschmeckende Speisen und Getränke, und durften tagtäglich in dem schönen Garten spielen – sie waren traurig, obschon sie nicht wußten, warum? und nicht wußten, was ihnen fehle.

Da trat zu ihnen ihre Mutter, die Königin, eine schöne hohe Frau mit mildfreundlichen Zügen, und sie bekümmerte sich darüber, daß ihre Kinder so traurig waren und sie nur wehmütig anlächelten, statt mit Jauchzen ihr entgegen zu fliegen; sie betrübte sich, daß ihre Kinder nicht glücklich waren, wie doch Kinder sein sollen und sein können, weil sie noch keine Sorgen kennen, und weil der Himmel der Jugend meist ein wolkenloser ist.

Die Königin setzte sich zu ihren beiden Kindern, die ein Knabe und ein Mädchen waren, und schlang um jedes derselben einen ihrer vollen weißen Arme, welche goldne Spangen schmückten, und fragte gar mütterlich und liebreich: »Was fehlt euch, meine lieben Kinder?«

»Wir wissen es nicht, teure Mutter!« sprach der Knabe. »Wir sind so traurig!« sprach das Mädchen.

»Es ist so schön hier in diesem Garten, und ihr habt alles, was euch Freude machen kann; macht es euch denn keine Freude?« fragte die Königin, und eine Träne trat in ihr Auge, aus dem eine Seele voll Güte lächelte.

»Nicht genug Freude macht uns, was wir haben«, antwortete dieser Frage das Mädchen. »Wir wünschen uns was, und wissen nicht, was!« setzte der Knabe hinzu.

Die Mutter schwieg bekümmert, und sann nach, was wohl die Kinder wünschen möchten, das sie mehr erfreue, als die Pracht des Gartens, der Schmuck der Kleider, die Menge der Spielsachen, der Genuß edler Speisen und Getränke, aber sie fand nicht, was ihre Gedanken suchten.

»O wäre ich nur selbst wieder ein Kind!« sprach die Königin still zu sich, mit einem leisen Seufzer: »dann fiele mir wohl bei, was Kinder froh macht. Um Kinderwünsche zu begreifen, muß man selbst ein Kind sein. Aber ich bin schon zu weit gewandert aus dem Jugendlande, wo die goldnen Vögel durch die Bäume des Paradieses fliegen, jene Vögel, die keine Füße haben, weil die Nimmermüden irdischer Ruhe nicht bedürfen. O käme doch ein solcher Vogel her, und brächte meinen teuern Kindern, was sie glücklich macht!«

Siehe, wie die Königin also wünschte, da wiegte sich plötzlich über ihr in den blauen Lüften ein wunderherrlicher Vogel, von dem ein Glanz ausging, wie Goldflammen und Edelsteinblitze, der schwebte tiefer und tiefer, und es sah ihn die Königin, es sahen ihn die Kinder. Diese riefen nur: »Ah! ah!« und Staunen ließ sie keine anderen Worte finden.

Der Vogel war überaus herrlich anzusehen, wie er immer tiefer schwebend sich niedersenkte, so schimmernd, so glänzend, und doch immer wieder das Auge fesselnd. Er war so schön, daß die Königin und die Kinder vor Freude leise schauerten, zumal sie jetzt das Wehen seiner Flügel fühlten. Und ehe sie es ahneten, so hatte sich der Wundervogel nieder gelassen in den Schoß der Königin, der Mutter, und sah aus Augen, die wie freundliche Kinderaugen gestaltet waren, die Kinder an, und doch war etwas in diesen Augen, das die Kinder nicht begriffen, etwas Fremdartiges, Schauerhaftes, und sie wagten darum nicht, den Vogel zu berühren, auch sahen sie jetzt, daß der seltsame, überirdisch schöne Vogel unter seinen glänzendbunten Federn auch einige tiefschwarze Federn hatte, die man aber von weitem nicht gewahrte. Indes blieb den Kindern zu näherer Betrachtung des schönen Wundervogels kaum so lange Zeit, als nötig war, dies zu erwähnen, denn alsbald hob sich der Vogel wieder empor, der Paradiesvogel ohne Füße, schwebte, schimmerte, flog immer höher, bis er nur eine im Äther schwimmende bunte Feder schien, dann nur noch ein goldner Streif, und dann entschwand – so lange aber, bis das geschah, sahen ihm auch die Königin und die Kinder mit Staunen nach. Aber o Wunder! Als Mutter und Kinder wieder niederblickten, wie staunten sie da aufs neue! Auf dem Schoße der Mutter lag ein goldnes Ei, das hatte der Vogel gelegt, o und das schimmerte auch so grüngolden und goldblau wie der köstlichste Labradorstein und die schönste Perlenmuschel der Meerestiefen. Und die Königskinder riefen aus *einem* Munde: »Ei! das schöne Ei!« Die Mutter aber lächelte selig, und ahnete voll Dankgefühl, das müsse der Edelstein sein, der noch zum Glück ihrer Kinder fehle, das Ei müsse in seiner zauberfarbigschillernden Schale ein Gut enthalten, das den Kindern gewähre, was dem Alter versagt ist, *Zufriedenheit,* und das ihre Sehnsucht, ihre kindische Trauer stille.

Die Kinder aber konnten sich nicht satt sehen an dem prächtigen Ei, und vergaßen bald über dem Ei den Vogel, der es brachte; erst wagten sie nicht, es zu berühren, endlich aber legte das Mägdlein doch eines seiner rosigen Fingerchen daran, und rief plötzlich, indem sein unschuldvolles Gesichtchen sich mit Purpur übergoß: »Das Ei ist warm!« Nun tippte auch der Königsknabe vorsichtig und leise an das Ei, um zu fühlen, ob die Schwester wahr gesprochen. Endlich legte auch die Mutter ihre zarte weiße Hand auf das köstliche Ei, und siehe, was begab sich da? Die Schale fiel in zwei Hälften auseinander, und aus dem Ei kam ein Wesen hervor, wunderbar anzusehen. Es hatte Flügel und war nicht Vogel, nicht Schmetterling, Biene nicht und nicht Libelle, und doch von allen diesen etwas, aber nicht zu beschreiben; mit einem Wort, es war das buntgeflügelte, farbenschillernde Kinderglück, selbst ein Kind, nämlich das des Wundervogels *Phantasie,* das *Märchen.* Und nun sah die Mutter ihre Kinder nicht mehr traurig, denn das Märchen blieb fortan immer bei den Kindern, und sie wurden seiner nicht müde, so lange sie Kinder blieben, und seit sie das Märchen hatten, wurden ihnen Garten und Blumen, Lauben und Grotten, Wälder und Haine erst echt lieb, denn das Märchen belebte alles zur Lust der Kinder; das Märchen lieh selbst den Kindern seine Flügel, da flogen sie weit umher in der unermeßlichen Welt, und waren doch immer gleich wieder daheim, sobald sie nur wollten. Jene Königskinder – das waren die Menschen in ihrem Jugendparadiese, und die Natur war ihre schöne mildfreundliche Mutter. Sie wünschte den Wundervogel Phantasie vom Himmel nieder, der so prächtige Goldfedern und auch einige tiefdunkle hat, und er legte in ihren Schoß das goldne Märchenei.

Und wie die Kinder das Märchen innig lieb gewannen, das ihre Kindheitstage verschönte, in tausenderlei Gestaltungen und Verwandlungen sie ergötzte, und über alle Häuser und Hütten, über alle Schlösser und Paläste flog, so war des Märchens Art auch diese, daß es selbst den Erwachsenen gefiel und sie sich seiner freuten, wenn sie nur etwas aus dem Garten der Kindheit mit herübergetragen in das reifere Alter, nämlich die *Kindlichkeit des Herzens.*

Friedrich Schiller
Rätsel

Kennst du das Bild auf zartem Grunde?
Es gibt sich selber Licht und Glanz.
Ein andres ist's zu jeder Stunde,
Und immer ist es frisch und ganz.
Im engsten Raum ist's ausgeführet,
Der kleinste Rahmen faßt es ein,
Doch alle Größe, die dich rühret,
Kennst du durch dieses Bild allein.
Und kannst du den Kristall mir nennen?
Ihm gleicht an Wert kein Edelstein,
Er leuchtet, ohne je zu brennen,
Das ganze Weltall saugt er ein.
Der Himmel selbst ist abgemalet
In seinem wundervollen Ring,
Und doch ist, was er von sich strahlet,
Noch schöner, als was er empfing.

Dies zarte Bild, das, in den kleinsten Rahmen
Gefaßt, das Unermeßliche uns zeigt,
Und der Kristall, in dem dies Bild sich malt,
Und der noch Schönres von sich strahlt –
Er ist das *Aug,* in das die Welt sich drückt,
Dein Auge ist's, wenn es mit Liebe blickt.

Johann Wolfgang von Goethe
Rätsel

Ein Bruder ist's von vielen Brüdern,
In allem ihnen völlig gleich,
Ein nötig Glied von vielen Gliedern,
In eines großen Vaters Reich;
Jedoch erblickt man ihn nur selten,
Fast wie ein eingeschobnes Kind:
Die andern lassen ihn nur gelten
Da, wo sie unvermögend sind.

Schillers Antwort:

Der Sohn, der seinen vielen Brüdern
In allen Stücken völlig gleicht
Und dennoch nur in ihren Gliedern
Wie eingeschoben unterschleicht.
Was gleicht sich wie ein Tag dem Tage?
Es ist der Schalttag, den du meinst.

Das persönliche Horoskop
*Astrologische Charakterkunde für
den eigenwilligen und diplomatischen Wassermann
3. Dekade vom 10.–19. Februar*

Ihr persönlicher Weg zum Glück

Sie sind beneidenswert. Als Wassermann-Geborener der dritten Dekade gehen Ihnen fast alle Hoffnungen und Träume im Leben in Erfüllung, wenn Sie die nötige Energie aufbringen, auch an unwahrscheinliche Möglichkeiten heranzugehen. Sie haben etwas von einem Hellseher an sich, der die Zukunft spürt und sich daher schon vorher darauf einstellen kann. Sie gehen niemals einen Weg, der auf Lügen aufgebaut ist. Sie haben es nicht nötig, mit Täuschungen und Ausweichmanövern zu arbeiten. Und wenn Sie sich ärgern, so tun Sie das auf eine Art, die für ihre Umgebung akzeptabel ist. Gerade für Sie kann Astrologie eine handfeste Lebenshilfe sein, mit der Sie Ihr Schicksal optimal in den Griff bekommen können. Sie müssen nur entsprechend auf Warnungen und Hinweise der Sterne reagieren.

Für ein glückliches und ausgeglichenes Dasein spielen ganz bestimmte Farben in Ihrem Leben eine dominierende Rolle. Wassermann-Geborene der dritten Dekade werden ganz besonders von den Farben Dunkelblau, Hellblau, Bernstein, Rosa und Türkis beeinflußt. Diese Farben bereiten Ihnen ein außerordentlich harmonisches und wohliges Gefühl. Sie sollten sich daher möglichst oft mit diesen Farbtönen umgeben. Daß Sie auf die Farben Rot und Grün kaum negativ reagieren und sich durch sie nicht gestört fühlen, ist auf den deutlichen Fische-Einfluß Ihrer Dekade zurückzuführen. Sie müssen also diese beiden Farben nicht aus Ihrem Dasein verbannen, wie das bei anderen Wassermann-Geborenen oft der Fall ist. An Glückszahlen stehen Ihnen gleich vier zur Verfügung: die Acht, die Drei, die Vier und die Zehn, wobei die Acht die wichtigste für Sie ist. Wo immer Ihnen aber die vier Zahlen begegnen, dürfen Sie zuversichtlich sein. Sie spielen manchmal in ganz unerwarteten Lebenssituationen eine übergeordnete und faszinierende Rolle.

Ihre Glücksmetalle, die Ihren Organismus positiv beeinflussen, sind Aluminium und Legierungen mit Aluminium. Das ist auch der Grund, warum mitunter Wassermann-Geborene der dritten Dekade leidenschaftlich gern in der Küche Aluminiumgeschirr verwenden.

Es gibt auch eine Reihe von Pflanzen, die Ihnen Glück bringen und sehr zu Ihrem Wohlbefinden beitragen. Das sind die Myrrhe, der Kreuzdorn, bunte Schnittblumen und exotische Meerespflanzen. Ideal für Sie: ein Aquarium mit Unterwassergarten.

Die Glückssteine im Leben des Wassermann-Geborenen der dritten Dekade sind der blaue Saphir, Chrysopras, Jade, Korallen sowie hellblaue oder hellgrüne Edelsteine. Der klare Kristall übt einen magisch-positiven Einfluß auf Sie aus und zieht Sie besonders an.

Sorgen Sie dafür, daß Sie in Ihrem Leben immer wieder mit Originellem und Ausgefallenem konfrontiert werden. Das regt sie verstärkt an. Lassen Sie es Ihre

Freunde und Verwandten ganz offen wissen: Man kann Ihnen die größte Freude mit einem ungewöhnlichen Geschenk machen. Sie lieben alte Stücke ebenso wie neue verrückte Dinge. Wobei Sie als Wassermann-Geborener der dritten Dekade das Moderne nicht immer ganz ernst nehmen. Der Fische-Einfluß zieht Sie doch mitunter sehr ins Konservative hinein.

Als Wassermann hegen sie viel geheime Wünsche. Wenn niemand sie Ihnen erfüllt, dann tun Sie es selbst. Vor allem Sie in der dritten Dekade Ihres Tierkreiszeichens brauchen romantische Stunden in der Natur oder daheim am gemütlichen Kamin. Mondenschein und Sonnenuntergang oder das Rauschen des Meeres machen Sie unendlich glücklich. Wenn Sie aber gerade an die Stadt gebunden sind, dann pilgern Sie zu einem Flohmarkt oder in einen Trödelladen und erstehen Sie dort ein besonderes Stück.

Sie brauchen akustische Impulse und sind immer wieder sehr neugierig, was es in der Musik Neues zu erleben gibt. Doch die Vorfreude und Neugierde ist Ihnen oft wichtiger als die Musik selbst. In der dritten Wassermann-Dekade schwanken Sie ein Leben lang zwischen avantgardistischer Musik und konservativem Schaffen. Und meist werden Sie sich eingestehen, daß in der Musik doch die Romantik bei Ihnen Vorrang hat. Das gilt übrigens auch für Theater und Oper. Manchmal bringt Sie das in einen inneren Zwiespalt.

Jede technische Neuerung, von der Sie Kenntnis bekommen, versetzt Sie in Hochstimmung. Sie sind davon fasziniert und werden dabei richtig glücklich. Umgeben Sie sich daher daheim und am Arbeitsplatz mit den neuesten modernen Maschinen. Es kann allerdings sein, daß Sie urplötzlich daran Ihr Interesse verlieren. Das ist dann typisch für die dritte Dekade Ihres Tierkreiszeichens, weil da wieder das Fische-Sternzeichen ein wenig seinen Einfluß geltend macht.

Sie sollten sich zur Entspannung oder gar als Beruf künstlerisch betätigen. Ideal für Sie ist der Umgang mit Pinsel und Palette. Sorgen Sie aber auch dafür, daß Sie in Ihrer Freizeit mitunter gar nichts tun und nur dahinträumen. Das brauchen Seele und Körper zur Regeneration.

Im Kino und auf dem Fernsehschirm wollen Sie auf der einen Seite das Abenteuer, die Aktion, auf der anderen Seite Herz und Seele. Sie geraten aber niemals in Gefahr, dem Kitsch zu verfallen. Dafür sind Sie eben viel zu sehr Wassermann-Geborener.

Sie sind hin- und hergerissen. Manchmal brauchen Sie viele nette Menschen um sich, um glücklich zu sein. Dann wieder sehnen Sie sich nach stiller Zurückgezogenheit. Oft brauchen Sie große Gesellschaft, dann wieder die kleine Gesprächsrunde. Aber immer diskutieren Sie gern. Dabei blühen Sie auf.

Nützen Sie Ihre positiven Anlagen

Als Wassermann-Geborener der dritten Dekade sollten Sie ganz besonders Ihre astrologische Konstellation kennen und sich danach richten. Nur dann können Sie Ihr Bestes geben und die vielen inneren Werte in Ihnen wecken und entfalten. Ihr leichter Fische-Einfluß wirkt sich da optimal aus.

Mit Ihrem Humor können Sie viel erreichen. Sie verstehen ihn nämlich im richtigen Augenblick einzusetzen. Sie sind damit überall gerngesehener Gast. Mit Ihrer Gutherzigkeit und Menschenfreundlichkeit schaffen Sie sich starke Positionen. Sie verblüffen Ihre Mitwelt mit Aufrichtigkeit, Offenheit und Verständnis. In Beruf und Privatleben kommt Ihnen die Umsichtigkeit, mit der Sie agieren, gepaart mit Ehrgeiz, sehr zugute. Pflegen Sie diese Eigenschaften. Disziplin und Verantwortungsbewußtsein helfen Ihnen dabei sehr.

Ihre Wahrheitsliebe kann sprichwörtlich sein. Und Ihre Anpassungsfähigkeit ist eigentlich gar nicht die des Wassermannes. Da haben Sie ein Stückchen Fisch-Natur mitbekommen. Sie lieben die Freiheit und wollen nicht eingeengt werden. Doch gerade Sie in der dritten Wassermann-Dekade mißbrauchen und nützen diese Freiheit nicht über Gebühr, denn Sie sind in Beruf und Partnerschaft treu. Sie wollen nur nicht das Gefühl, eingesperrt und bevormundet zu sein.

Bewahren Sie sich Ihre Ehrlichkeit und Ihren Idealismus. Meiden Sie Lüge und Bluff und bemühen Sie sich, alle Pläne gründlich durchzuführen und anzusteuern. Daß Sie in jeder Situation ein Herz für Ihre Mitmenschen haben, ist ein spezielles Merkmal für den Wassermann-Geborenen der dritten Dekade.

Vorsicht vor den eigenen Fehlern

Die meisten Pannen passieren im Leben ja doch immer dann, wenn man sich nicht oder zuwenig auf die eigenen, negativen Eigenschaften einstellt, wenn man die eigenen Fehler ignoriert, sie nicht zu meistern versucht. Darum ist es gut, daß uns die Sterne deutlich darüber Auskunft geben, welche gefährlichen Anlagen mitunter in uns schlummern, die bei mangelnder Disziplin überhand nehmen und uns schaden können.

Wenn Sie als Wassermann-Geborener der dritten Dekade manchmal nicht so recht mit Ihren Vorsätzen weiter kommen, so liegt das oft an Ihrer Ängstlichkeit und Unentschlossenheit, die urplötzlich bei Ihnen auftreten kann. Sie sind in solchen Phasen unsicher, unkonzentriert und leicht beeinflußbar. Doch Sie werden mit dem nötigen unterbewußten Selbstbewußtsein des Wassermanns schnell damit fertig. Nur sollten Sie vermeiden, zu unberechenbar auf ihre Umwelt zu wirken. Zwingen Sie sich zu einer überzeugenden Entschlußkraft. Fehlt sie Ihnen, so könnte man Ihnen das sehr ankreiden. Passen Sie auf, daß Sie nicht kalt und unfreundlich die Menschen behandeln, die nicht sofort mit Ihnen einer Meinung sind. Prüfen Sie überhaupt, ob Sie nicht mitunter ein wenig zu launenhaft sind, was Ihren Kontakt zu anderen Leuten betrifft. Eine gewisse Egozentrik in der dritten Wassermann-Dekade könnte Sie, wenn Sie sie nicht unterdrükken, unsympathisch machen. Wenn Sie sich über andere ärgern, sollten Sie sich nicht wie ein Sonderling zurückziehen. Man kann über alles reden.

Ihre Chancen in Liebe und Ehe

Sie besitzen so viel Charme, so viel geistreichen Witz und ein solch interessantes Image, daß Sie bei einer Partnerwahl niemals wirklich große Probleme haben. Sie wissen vor allem die genannten Eigenschaften am richtigen Ort und zur richtigen Zeit optimal einzusetzen. Als Wassermann-Geborener der dritten Dekade wird Sie ein sechster Sinn mit untrüglicher Sicherheit darauf hinweisen, ob ein Partner für Sie ideal ist oder nicht. Sie müssen dann natürlich auch auf die innere Stimme hören. Das ist gerade für Sie wichtig, denn Sie neigen zu einer gewissen Ängstlichkeit in bezug auf Liebe und Ehe. Damit schaffen Sie aber gleich zu Anfang einer Zweisamkeit negative Voraussetzungen. Sie brauchen sich keine Sorgen zu machen. Sie haben ja alles, was man braucht, um ein idealer Mitmensch zu sein. Sie bringen die nötige Hilfsbereitschaft und das notwendige Verständnis auf. Sie haben viel Energie in sich. Und gerade Sie in der dritten Dekade sind mit Überzeugung – im Gegensatz zu manch anderem Wassermann-Geborenen – für Ihren Partner da, wenn er Sie braucht. Darin zeigt sich ein wenig der Fische-Einfluß. Allerdings können Spannungen dadurch entstehen, weil Sie sich genau im selben Maße wie um den geliebten Partner auch um Freunde und Bekannte kümmern.

Sie müssen bei der Auswahl des Partners überaus umsichtig und diplomatisch handeln. Sie möchten gern einen lieben Menschen um sich, der nie zu viele Fragen stellt und der Ihnen Ihre gewünschte Freiheit gewährt. Ein herrischer Partner, der noch dazu dominieren will, ist nichts für Sie. Sie ertragen es nicht, wenn Ihnen ein anderer vorschreibt, was Sie zu tun haben. Sie haben es auch nicht gern, wenn jemand zu hohe Ansprüche an Sie stellt. Doch – allein sein, das wollen Sie auch nicht.

Sehr klug ist es, einen Partner zu wählen, der die gleichen Interessen wie Sie hat. Bei Ihnen gilt nicht das Sprichwort: Gegensätze ziehen sich an.

Sie sollten Ihrem Partner in regelmäßigen Abständen sagen und zeigen, wie sehr Sie ihn mögen. Sie selbst hören es ja auch gern, wenn Ihnen jemand eine Liebeserklärung macht. Sollte diese hin und wieder etwas zu stürmisch ausfallen, dann wehren Sie sich nicht dagegen. Man meint es gut mit Ihnen. Seien Sie doch ehrlich: Ein bißchen Romantik gehört doch zu Ihrer stillen Sehnsucht. Das ist typisch für den Wassermann-Geborenen der dritten Dekade. Nur geben Sie es so ungern zu. Sie verstehen es großartig, mit dem nötigen Niveau eine Partnerschaft zu beenden.

Die allerbesten Voraussetzungen für eine ideale Partnerschaft haben Sie als Wassermann-Geborener der dritten Dekade mit einem Zwilling, einer Waage, einem Schützen, einem Steinbock, mit Fisch und Widder. Mit Krebs und Skorpion kann es gerade bei Ihnen wunderbare Höhepunkte geben. Wassermann und Wassermann harmonieren vor allem dann, wenn sie verschiedenen Dekaden angehören. Mit dem Stier und dem Löwen kommen Sie gut aus, wenn Sie zu gewissen Konzessionen bereit sind. Die Jungfrau kann Ihnen unter Umständen zu schwerfällig sein.

Sie und Ihre Freunde

Sie erwarten von Ihren Freunden, daß Sie sich Ihnen gegenüber leger, locker und unkonventionell geben. Sie sind kein Anhänger steifer Zeremonien. Daher beeindruckt Sie auch in einer Freundschaft weder eine Supervilla noch ein hoher Titel. Was Sie an Freunden fasziniert, ist Optimismus und strahlende Laune.

Sie legen von allen Wassermann-Geborenen die meiste Anpassungsfähigkeit gegenüber Freunden an den Tag. Sie sind in Ihrem Tierkreiszeichen auch der hilfsbereiteste Mitmensch. Dafür sind Sie selbst aber auch dankbar, wenn Ihnen jemand in Augenblicken der Unsicherheit und der Mutlosigkeit zur Seite steht.

Ihre Freunde haben es nicht leicht, denn Sie sind sehr leicht verletzbar. Sie können es nicht leiden, wenn man Ihnen mangelnde Sparsamkeit vorwirft, wenn man sich über einen Anflug Sentimentalität lustig macht, wenn man Sie zu schnellen Entschlüssen zwingt, und wenn man mit Ihnen über Geld und Geschäfte reden möchte. Das sehen Sie nicht gern im Freundeskreis. Gefährlich kann es werden, wenn man Witze über die ungewöhnliche und individuelle Art und Weise macht, wie Sie sich manchmal kleiden. Wer mit Ihnen zusammensein will, muß sich eben daran gewöhnen, daß Sie Sinn für Außergewöhnliches und Neues haben.

Ausnützen lassen Sie sich nicht, wenn auch der Fische-Einfluß immer wieder ihre Hilfsbereitschaft zu besonderen Leistungen anspornt. Sie kennen genau die Grenzen, die da einzuhalten sind.

Sie meiden Freunde, die etwas für Tratsch und Klatsch übrighaben. Sie lieben fröhliche Gespräche.

Ihre beruflichen und finanziellen Chancen

Als Wassermann-Geborener der dritten Dekade müssen Sie nicht nur wohlüberlegt nach einem Beruf Ausschau halten. Sie müssen sich auch Zeit nehmen, um die richtige Beschäftigung zu finden, die Sie auch wirklich glücklich macht. Sie arbeiten nur erfolgreich, wenn Sie Spaß daran haben und nicht von Existenzsorgen getrieben werden. Es sind nicht immer nur die modernen und neuen Projekte, die Sie reizen. Sie finden auch abenteuerliche Aufgaben verlockend. Immer aber haben Sie eines vor sich: Sie wollen nach Möglichkeit im Laufe der Zeit eine Führungsrolle übernehmen. Schlechte Arbeitsbedingungen und streitsüchtige, intrigante Kollegen nehmen Ihnen die Freude am Beruf und können Sie dazu bringen, sich nach einer anderen Beschäftigung umzusehen.

Zögern Sie berufliche Dinge nicht allzusehr hinaus. Mangelnder Arbeitswille kann sich bei Ihnen leicht in permanente Trägheit umwandeln. Besonders gut arbeiten Sie in einem Team. Da können Sie Ihre Kreativität gänzlich entfalten. Sie üben psychologisch einen guten Einfluß auf Kollegen aus.

An einem Arbeitsplatz, an dem Sie sich wohl fühlen, werden Sie gute Ideen entwickeln. Lassen Sie sich diese aber weder stehlen, noch zu billig abkaufen. Sie sollten sich ein wenig mehr für die finanzielle Seite Ihres Berufes interessieren. Sonst werden Sie von raffinierten Leuten übervorteilt.

In der dritten Wassermann-Dekade laufen Sie zeitweise leicht Gefahr, beruflichen Träumen nachzuhängen. Überwinden Sie diese Phase ganz schnell und kalkulieren Sie realistisch. Das Träumen heben Sie sich für Ihr Privatleben auf.

Als Vorgesetzter sind Sie offen, freundlich und großzügig. Sie befehlen nicht gern und sind viel lieber ein Freund und Vertrauter Ihrer Mitarbeiter und Untergebenen. Sie sehen alle gleichwertig als Kollegen an. Nur hin und wieder können Sie unangenehm hektisch, zerstreut und unberechenbar sein. Sie ändern rasch Ihre Meinung und legen Launen an den Tag. Wenn es notwendig ist, haben Sie aber jederzeit Verständnis für die Sorgen Ihrer Mitarbeiter. Als Untergebener wiederum sind Sie höflich, aber niemals unterwürfig. Sie bereichern die Firma durch gute Vorschläge und verblüffen durch Ihre Logik und durch einen sechsten Sinn in bezug auf die Zukunft. Sie werden niemals eine Intrige spinnen.

Ideale Berufe für den Wassermann-Geborenen der dritten Dekade – egal ob Mann oder Frau – sind: Maschinenschlosser, Kraftfahrzeugmechaniker, Elektriker, Installateur, Hoch- und Tiefbauingenieur, Elektoingenieur, Laborchemiker, Physiker, Zoologe, Biologe, Lehrer, Schriftsteller, Musikkomponist, Schauspieler, Sänger, Politiker, Astronaut, Psychologe, Taucher, Berufe des Flugwesens. Dort, wo der Fische-Einfluß in der dritten Wassermann-Dekade spürbar wird, gibt es Tendenzen zum Sozialberuf, der für den Wassermann sonst eher unattraktiv ist. Auch berufliche Tendenzen zur Kunst, zur Medizin und zum Kochen sind ein deutliches Indiz für den Fische-Einfluß.

Für welchen Beruf Sie sich auch immer entscheiden, seien Sie wachsam, wenn es ums Geld geht. Verschenken Sie nicht Ihre Arbeitskraft. Verkaufen Sie sich nicht unter Ihrem Wert. Gerade Ihr Erfindungsgeist kann Ihnen zu Wohlstand verhelfen. Seien Sie nicht geizig, aber auch nicht verschwenderisch. Sparsamkeit bringt Sie ans Ziel. Führen Sie ein genaues Haushalts- oder Budget-Buch. Überschlafen Sie erst einmal jede größere Geldausgabe. Vorsicht vor Schmarotzern!

Tips für Ihre Gesundheit

Das Geheimnis zum Gesundsein und Gesundwerden liegt beim Wassermann-Geborenen der dritten Dekade im festen Wunsch dazu, verbunden mit einem guten Schuß Optimismus. Daher kann permanente schlechte Laune bei Ihnen auf Dauer auch eine organische Krankheit heraufbeschwören.

Ganz speziell müssen Sie auf folgende anfälligen Stellen Ihres Körpers achten: Sehr leicht stellen sich bei Ihnen Komplikationen im Blutgefäßsystem ein. Probleme können auch schon in frühem Alter an Wade, Schienbein und Knöchel auftreten. Und wenn Sie sich sehr viel beim Sport und im Beruf bewegen, so besteht bei Ihnen die große Gefahr für Verstauchungen und Knochenbrüche.

Der Fische-Einfluß in der dritten Wassermann-Dekade macht auch die Füße zu Schwachstellen. Sie müssen diese immer warm und trocken halten. Von nassen und kalten Füßen gehen oft langwierige und schwere Leiden aus, allen voran Erkältungen mit Komplikationen.

Sie neigen außerdem zu Krampfadern. Ziehen Sie daraus die Konsequenzen und belasten Sie von vornherein nicht übermäßig Ihre Beine. Also, kein langes Stehen und Sitzen und kein schweres Tragen. Ebenso wichtig: der geregelte Stuhlgang.

Einzig und allein der Wassermann-Geborene der dritten Dekade ist so besonders anfällig für Gicht, Rheuma und Hüftgelenkbeschwerden. Dagegen hilft Warmhalten, wollene Kleidung und die Vermeidung von entzündlichen Erkältungen.

Sie leiden im fortgeschrittenen Alter leicht an Arterienverkalkung. Daher verwenden Sie bereits möglichst frühzeitig für Ihre Salate das gesunde Weizenkeimöl. Essen Sie außerdem regelmäßig Knoblauch oder Knoblauchkapseln zur Vorbeugung, auch wenn Sie sich dazu überwinden müssen.

Als Wassermann der dritten Dekade müssen Sie sich selbst ständig genau beobachten, was Ihren Gesundheitszustand betrifft. Sie sollten bei den geringsten Herzbeschwerden den Arzt aufsuchen. Sonst bereuen Sie es Jahre später einmal sehr. Ebenso ist äußerste Vorsicht am Platz, wenn Durchblutungsstörungen, Krämpfe an verschiedenen Körperteilen und Schwellungen an den Beinen auftreten. Gerade der Wassermann hat genug Initiative, um mit Massagen, Gymnastik und Schwimmübungen dagegen etwas zu tun.

Merken Sie sich: Obst und Gemüse sollte viel mehr in Ihrem Speiseplan vorkommen. Allerdings müssen Sie vorsichtig eine etwaige Kostumstellung durchführen, am besten unter Kontrolle eines Arztes, denn auch dadurch kann es bei Ihnen zu organischen Störungen kommen. Als Wassermann-Geborener in der dritten Dekade leiden Sie darunter, daß Sie morgens schwerer als andere aus dem Bett hochkommen. Gewöhnen Sie sich Streckübungen im Bett und Gymnastikübungen nach dem Aufstehen an. Nach einem darauffolgenden Müesli-Frühstück haben Sie dann den richtigen Schwung.

Sie haben von Natur aus gute Nerven. Sie sollten diese aber nicht über Gebühr strapazieren. Daher müssen Sie sich Ruhepausen gönnen, in denen Sie – so schwer es Ihnen fällt – ganz allein sind. Das süße Nichtstun gibt Ihnen neue Kraft. Optimal, wenn dies in freier Natur, in sauerstoffreicher Luft, bei einem Spaziergang oder beim Angeln geschehen kann. Als Wassermann-Geborener der dritten Dekade sind Sie viel leichter davon zu überzeugen als alle anderen Vertreter Ihres Tierkreiszeichens.

Ganz besondere Chancen zur Erhaltung Ihrer Gesundheit liegen bei Ihnen in der Durchführung von Yoga, von Autosuggestion und von Autogenem Training. Sie können sich mit eisernem Willen einreden, daß es Ihnen bald wieder besser geht. Und Sie unterstützen damit die Behandlung des Arztes aufs beste.

Meiden Sie extreme Temperaturschwankungen und ziehen Sie sich immer entsprechend dem Wetter an.

Setzen Sie gegen Schlaflosigkeit niemals Tabletten ein. Das könnte für Sie gefährlich werden.

Wenn Sie einmal wirklich krank sind, dann bleiben Sie im Bett. Revoltieren Sie nicht gegen den Arzt, und nehmen Sie die Medikamente, die er Ihnen verschreibt, auch ein. Lassen Sie sich nicht zu Wunderkuren bei Scharlatanen überreden, denen Sie nur allzugern glauben wollen. Lassen Sie sich regelmäßig auf Blutarmut und Schilddrüsenstörungen untersuchen. Diese Leiden treten verstärkt in der dritten Wassermann-Dekade auf. Wenden Sie sich der Vollkornkost zu, verzichten Sie auf Kaugummi, und nehmen Sie sich vor zuviel Kuchen in acht. Hin und wieder dürfen Sie in einem teuren Restaurant sündigen.

Tips für Freizeit und Urlaub

Als Wassermann der dritten Dekade sind Sie zwar nicht ununterbrochen darauf aus, auf Reisen zu gehen. Aber Sie lieben fremde Länder und andere Menschen. Sie sollten allerdings Ihre Reisen genau planen, damit Sie nicht einmal eine gravierende Panne erleben. Da Sie aus einer gewissen Hektik heraus meist die Erholung vergessen, sehnen Sie sich dann – auf Grund des Fische-Einflusses Ihrer Dekade – zwischendurch nach ruhigen Mußestunden daheim oder in einem abgelegenen vertrauten Ort.

Sie brauchen auch Zeit, um sich der Natur zu widmen und tun gut daran, sich einen Garten anzuschaffen oder einen zur Verfügung stehenden Garten auszunützen. Sehr empfehlenswert für Ihre Nerven ist ein Urlaub auf dem Bauernhof. Bergtouren oder Campingabenteuer gehören weniger zu Ihren Freizeitträumen. Der typische Wassermann will per Schiff, per Flugzeug oder per Bahn die Welt entdecken. Und er träumt auch von einer Reise ins All, von der er genau weiß, daß er sie nicht wird verwirklichen können.

Sie erwarten sich in den Ferien nette Mitmenschen und einigen Luxus beim Reisen und Wohnen. Doch Sie sind auch fröhlich, wenn Sie einmal sparen müssen. Der Fische-Einfluß der dritten Dekade: Sie freuen sich jedesmal wieder aufs Nachhausekommen.

Wenn Sie ein Kind haben

Als Wassermann-Geborener der dritten Dekade tendieren Sie bei der Erziehung Ihrer Kinder oft zu zwei gravierenden Fehlern, und Sie müssen da sehr viel an sich arbeiten: Entweder wollen Sie schrecklich gern aus den Kleinen Abbilder von sich selbst machen, oder aber Sie lassen Ihnen alles durchgehen. Man darf einem Kind nicht alles erlauben. Zur Entwicklung für eine eigene Persönlichkeit muß eben manchmal auch konsequentes Verhalten eingesetzt werden. Lassen Sie in der Erziehung Ihren sprichwörtlichen Humor nicht zu kurz kommen. Damit haben Sie großen Erfolg. Durch den Fische-Einfluß in der dritten Wassermann-Dekade neigen Sie dazu, mit ständigem, monotonem Ermahnen auf die guten Manieren des Sprößlings einwirken zu wollen. Sie werden damit kein Glück haben. Sie haben eine besondere Gabe, das Kind mit künstlerischen Ambitionen fürs Leben auszustatten. Gehen Sie Ihrer Pflicht nicht aus dem Weg und bereiten Sie den Sprößling eingehend auf den Umgang mit Geld vor.

Wenn du ein Wassermann-Kind bist

Wenn du noch ein Kind bist, das im Zeichen des Wassermannes der dritten Dekade geboren bist, dann wirst du bald die Gesellschaft Älterer suchen, weil du schneller das Leben begreifen willst. Der Fische-Einfluß läßt dich mitunter ein wenig zuviel träumen. Du mußt aber erkennen, daß es rund um dich auch greifbare Schönheiten gibt. Du brauchst viel Vertrauen. Deine Eltern müssen dir viel von der Welt zeigen. Und Sie müssen dir helfen, die Schule zu meistern.

Die Geburtstagsfeier
Viele Anregungen und ein köstliches Geburtstagsmenü

Feiern Sie an Ihrem Geburtstag doch einmal wieder richtig. Zum einen macht es Spaß, einmal im Jahr die Hauptperson zu sein, zum anderen können Sie sich Freunde einladen, die Sie gerne um sich haben.

Ihre Einladung kann ganz unterschiedlich ausfallen, je nach dem Rahmen, den Sie für Ihr Fest wünschen. Wenn Sie sich für eine Einladungskarte entschließen, so sollte darauf zu lesen sein: Der Anlaß der Feier (z. B. Geburtstagspicknick, -gartenfest, -grillparty etc.), das Datum, die Uhrzeit, zu der Sie beginnen möchten, Ihre genaue Adresse oder die Anschrift, wo gefeiert wird, Ihre Telefonnummer sowie die Bitte um Nachricht, ob der oder die Eingeladene kommen wird.

Am besten legen Sie Ihr Fest auf das Wochenende oder vor einen Feiertag. Dann kann jeder am folgenden Tag ausschlafen.

Zum organisatorischen Ablauf: Anhand der Anzahl der geladenen Gäste prüfen Sie, ob Sie genügend Gläser, Bestecke, Sitzgelegenheiten und Getränke haben. Sorgen Sie auch für die passende Musik. Lassen Sie sich bei den Vorbereitungen von hilfsbereiten Freunden helfen.

Als Anregung für Ihre Geburtstagsfeier hier einige nicht ganz gewöhnliche Vorschläge:

Der Kaffee-Klatsch

Sie veranstalten einen richtigen altmodischen Kaffee-Klatsch am Nachmittag, laden alle Ihre lieben Freundinnen ein und bitten jede, einen eigenen Kuchen oder Plätzchen zur Bereicherung der Kaffeetafel mitzubringen. Dazu lassen Sie sich eine wunderschöne Tischdekoration einfallen, bieten vielleicht Irish Coffee und Russische Schokolade (mit Schuß!) an, und ganz bestimmt gehen Ihnen die Gesprächsthemen nicht aus.

Die Bottle-Party

Oder – der Gerechtigkeit halber – eine männliche Variante: Sie trommeln Ihre besten Freunde und Kumpel zusammen und geben eine ebenso altmodische Bottle-Party, zu der jeder, der mag, ein Getränk beisteuert. Als »Unterlage« vielleicht etwas Käsegebäck oder deftige Schmalzbrote. Das wird sicher eine Geburtstagsfeier, an die jeder gerne zurückdenken wird.

Die Cocktail-Party

Sie veranstalten eine Cocktail-Party mit möglichst vielen Freunden und lassen die wilden Jahre (die bei den meisten im Alter zwischen 20 und 30 Jahren stattfinden – bei manchen enden sie nie...) wieder auf- und hochleben. Dazu sollte die Musik sorgfältig ausgewählt werden. Vielleicht sogar Charleston à la 20er Jahre vom Grammophon? Ein geübter Barmixer findet sich bestimmt unter Ihren Freunden. Da wahrscheinlich wild getanzt wird, brauchen wir viel Platz zum Tanzen. Eine feinsinnige Tischordnung entfällt.

Der Spezialitäten-Abend

Wir laden eine kleinere Runde zu einem fremdländischen Menü ein. Die Frage, ob Italienisch, Französisch, Chinesisch, Mexikanisch... lösen Sie ganz nach Ihrem Geschmack. Servieren Sie mehrere Gänge und die dazu passenden Getränke. Viele Kerzen und leise Musik machen das Ganze stimmungsvoll.

Die Picknick-Fete

In der wärmeren Jahreszeit machen eine »Picknick-Radel-Tour« oder auch ein »Geburtstags-Spaziergang« sicher allen Spaß. Diese Möglichkeit bietet sich insbesondere auch an, wenn Gäste ihre Kinder mitbringen wollen. An einem Fluß, auf einer Wiese oder in einem Park wird dann Rast gemacht und im Freien geschmaust.

Das herbstliche Pendant dazu wäre ein »Kartoffelfeuer-Picknick«. Die neuen Kartoffeln werden im Lagerfeuer gegart. Das macht Spaß und schmeckt ausgezeichnet. Im Winter können Sie die Möglichkeit eines »Schneespaziergangs« im Winterwald oder eine »Schlittenfahrt« in Erwägung ziehen, die dann bei einem Punsch zum Aufwärmen und einer rustikalen Brotzeit enden.

Das Grill-Fest

Beliebt und unkompliziert. Benötigt wird nur: Ein Fäßchen Bier, eine Riesensalatschüssel, Würstchen und verschiedene Fleischsorten zur Bewirtung der Gäste, ein offener Grill, um den sich die Hungrigen scharen. Dieses Fest ist rustikal und eignet sich vorzüglich für den Garten oder auch für ein Fluß- oder Seeufer.

Die Keller-Party

Für dieses Fest sollten Sie – dem Publikum entsprechend – eine gute Musik-Auswahl treffen und für eine nicht zu kleine Tanzfläche und Sitzgelegenheiten am Rande sorgen. Ein paar kleine Leckereien und die Getränke-Auswahl bauen Sie am besten im Vorraum, im Flur oder in der Küche auf. Keine teuren Gläser, keine komplizierten Menüs. Jeder bedient sich selbst. Diese Feste sind meist recht lustig und ungezwungen.

Der Kindergeburtstag

Ein Kindergeburtstag mit viel Kuchen und Schokolade ist immer ein Erfolg. Wenn dann anschließend noch Spiele gemacht werden, bei denen hübsche Kleinigkeiten zu gewinnen sind, dürfte die Begeisterung groß sein.

Der Brunch

Das ist eine Erfindung der Engländer, erfreut sich aber auch hier wachsender Beliebtheit. Gemeint ist ein Frühstück, was sich über den ganzen Tag erstrecken kann und aus süßen und salzigen Schlemmereien – warm und kalt –, mehreren Sorten Brot, Kaffee, Tee, Saft, Sekt besteht.

Noch einige Tips zum Schluß: Übernehmen Sie sich nicht bei der Dekoration. Sie ist am nächsten Tag nicht mehr brauchbar. Zwingen Sie niemanden, Dinge zu tun, die er wirklich nicht möchte. Dazu gehört auch das Tanzen. Aber stellen sie vielleicht Pinsel, Farben und Leinwand für spontane Aktionen zur Verfügung. So entstehen manchmal Kunstwerke, die allen Beteiligten Spaß machen.

Das Geburtstagsmenü zum 14. Februar

Zur Krönung des Geburtstages gehören ein gutes Essen und ein süffiger Tropfen. Vielleicht verwöhnen Sie sich an diesem Tag mit Ihrem Leibgericht oder speisen in Ihrem Lieblingslokal. Vielleicht lassen Sie sich aber auch einmal mit etwas Neuem überraschen und probieren dieses speziell für Ihren Tag zusammengestellte Menü. Gutes Gelingen und guten Appetit!

*

Champignonsalat mit Emmentaler

125 g Emmentaler, 250 g kleine Champignons, in Scheiben geschnitten, 1/4 l süße Sahne, Saft von 2 Zitronen, Salz und Pfeffer, gehackte Petersilie zum Garnieren

Käse in dünne Streifen schneiden; mit Pilzen und Sahne vermischen. Mit Zitronensaft, Salz und Pfeffer würzen. In eine Servierschüssel füllen und mit Petersilie bestreut servieren.

Kartoffeln mit Käse und Speck

2 El Olivenöl, 175 g durchwachsener Speck, gewürfelt, 1 kg rohe Kartoffeln, in dünne Scheiben geschnitten, 150 g Gruyère, gerieben, Salz und Pfeffer, 3 Knoblauchzehen, zerdrückt, 2 El gehackte Petersilie, 4 El süße Sahne

Öl in einer schweren Pfanne erhitzen. Speck zugeben und knusprig braten. Kartoffeln, Käse und Speck abwechselnd in eine feuerfeste Form schichten, dabei jede Schicht reichlich mit Salz und Pfeffer würzen. Mit Petersilie und Knoblauch bestreuen. Zugedeckt im vorgeheizten Backofen, Elektroherd 190 Grad, Gas Stufe 5, 45 – 50 Minuten backen. Sahne darübergießen und zugedeckt weitere 5 Minuten backen. Sofort servieren.

Steak »au poivre«

2 El grüne oder 1 El schwarze Pfefferkörner, 4 Rump- oder Filetsteaks à ca. 150 g, Salz, 50 g Butter, 2 El Cognac, $^1/_8$ l süße Sahne, Brunnenkresse zum Garnieren

Pfefferkörner zerdrücken, Steaks damit einreiben. Salzen und pfeffern. Butter in einer großen Bratpfanne zerlassen, Steaks zufügen und rasch auf beiden Seiten anbraten. 3 – 5 Minuten auf jeder Seite braten. Cognac darübergießen, vom Herd nehmen und anzünden. Wenn die Flammen erloschen sind, Steaks auf einer vorgewärmten Servierplatte anrichten. Sahne in die Pfanne geben und 1 Minute erhitzen, nicht kochen. Restliche Pfefferkörner unterrühren und über die Steaks gießen. Mit Brunnenkresse garnieren. Die passende Beilage: Röstkartoffeln.

Crème Caramel

75 g körniger Zucker, 3 El Wasser, 3 Eier, 25 g Zucker, $^1/_2$ l Milch, 2 Päckchen Vanillezucker

Zucker und Wasser in einem Topf unter Rühren langsam erhitzen, bis sich der Zucker aufgelöst hat. Dann die Masse ohne Rühren hellgelb karamelisieren. Vorsichtig 1 Tl kochendes Wasser zufügen und die Masse in eine Puddingform gießen. Erkalten lassen. Eier, Vanillezucker und Zucker schaumig schlagen. Milch bis knapp unter den Siedepunkt erhitzen. Eischaum unter die Milch rühren. In die Form gießen und in einen mit 2,5 cm Wasser gefüllten Bratentopf stellen. Im vorgeheizten Backofen, Elektroherd 140 Grad, Gas Stufe 1, ca. 1$^1/_2$ Stunden festwerden lassen. Auskühlen und stürzen.

Glückwunschgeschichte zum 14. Februar

Liebes Geburtstagskind,

gestern fuhr ich mit der Straßenbahn. Mir gegenüber saßen zwei junge Frauen, neben mir breitete sich ein distinguierter Herr wissenschaftlichen Zuschnitts aus. Ich wurde Zeuge einer Unterhaltung, die den modernen Sport in seinem ganzen Dilemma auffächert.

Die eine junge Frau, eine fesche Rothaarige, sagte: »Hast du im Fernsehen gestern und vorgestern diese Eiskunstläuferinnen gesehen? Wie die Engel, ein Traum, ob einzeln oder im Paar. Lauter süße Schmetterlinge. Meine Mausi war ganz hingerissen, sie will nun unbedingt Weltmeisterin oder Olympiasiegerin werden. So eine Tochter zu haben, ist doch der Traum jeder Mutter, gell.«

Die andere, schwarzhaarig, pflichtete bei: »Meine Rosi redet auch von nichts anderem. Stell dir vor, wir beide als Goldmedaillen-Mütter in der Zeitung!«

Der distinguierte Herr räusperte sich und sprach: »Entschuldigen Sie meine Einmischung, ich verstehe was von der Sache. Wie alt sind denn Ihre Töchter?« Es stellte sich heraus, daß Mausi fünf und Rosi viereinhalb waren.

»Ausgezeichnet«, sagte der Herr, »dann schaffen sie es noch. Lassen Sie von den Handwurzelknochen Ihrer Töchter ein Röntgenbild machen, danach kann man

Größe und Gewicht nach Ende des Wachstums vorhersagen.«

Die Rothaarige staunte: »Ich lasse Mausi röntgen, und sie wird Olympiasiegerin 1988? Prima, geben Sie mir die Adresse.«

Ganz so einfach sei dies nicht, meinte der Herr. »Schauen Sie, bei Mausi ergäbe sich vielleicht, daß sie mit 18 Jahren 2,10 m groß und 121 Kilo schwer sein würde. Dann müßte man jetzt ihr Wachstum bremsen, durch männliche Hormone, täglich zehn Gramm. Man schiebt die Reife hinaus. Sie ist dann mit 13 Jahren 80 Zentimeter groß und 18 Kilo schwer, hat aber die Goldmedaillen in der Tasche. Und bei Rosi könnte sich herausstellen, daß sie eine Art Liliputanerin bleibt. Ihre Reife und ihr Wachstum werden dann beschleunigt, indem man ihre Hirnanhangdrüse vier Stunden täglich bestrahlt, sie wiegt mit 16 Jahren zwei Zentner, ist 1,96 m groß und gewinnt 1992 das Kugelstoßen bei Olympia.«

Die beiden Frauen wirkten ein wenig verschreckt, schienen an männlichen Hormonen und Bestrahlung der Hirnanhangdrüse keinen Gefallen zu finden, meinten aber, Gold sei Gold, und dafür könne man Riesenweiber und Zwergentöchter kurzfristig erdulden. Nach dem Gold würde man sie einfach umgekehrt behandeln, und alles sei wieder normal.

Der Herr lächelte: »Das geht leider nicht. Sie bleiben natürlich, wie sie sind. Außerdem müssen sie ab sofort täglich zehn Stunden lang trainieren, nachts Privatunterricht bekommen, dürfen nicht aufgeklärt werden und nur einmal im Jahr für zwei Tage nach Hause.«

Die beiden Frauen sahen nun sehr bleich aus. Die Rote

murmelte: »Mausi wird mir nie im Haushalt helfen, und wie kann mich eine Liliputanerin im Alter versorgen?« Die Schwarze meinte: »Was, ich treffe Rosi nur noch in der Abnormitätenschau auf dem Rummelplatz?«

Die Unterhaltung erstarb. Ein eisiger Hauch wehte durch das Abteil, wie ein stark erkälteter olympischer Geist. Dann stiegen beide wortlos aus, scheinbar um Jahre gealtert. Ich wette, die internationale Sportwelt hatte soeben zwei Olympiasiegerinnen in spe verloren.

Wahrscheinlich betrachten sich jetzt zumindest diese beiden Frauen weltmeisterliches und olympisches Geschehen von ihrer Couch aus weitaus distanzierter und neutraler und schicken ihre Töchter beizeiten ins Bett, meinen Sie nicht auch?

Alles Gute zum 14. Februar
Hansjürgen Jendral

Zitate und Lebensweisheiten

Das Glück deines Lebens hängt von der
Beschaffenheit deiner Gedanken ab.
Mark Aurel

Aus den Wolken muß es fallen,
aus der Götter Schoß, das Glück,
und der mächtigste von allen
Herrschern ist der Augenblick.
Friedrich von Schiller

Freude ist die Leidenschaft,
durch die wir besser werden. Soviel du dir und anderen
Freude stiehlst und verdirbst, tust du Sünde.
Heinrich von Stein

Lieber einen Freund verlieren als einen Witz.
Sprichwort

Der Spott endet, wo das Verständnis beginnt.
Marie von Ebner-Eschenbach

Lachen reinigt die Zähne.
Aus Angola

Die meisten Menschen haben einen Moment in ihrem
Leben, wo sie große Dinge tun könnten,
in dem ihnen nichts unmöglich scheint.

Stendhal

Aller Anfang ist leicht, und die letzten Stufen werden
am schwersten und seltensten erstiegen.

Johann Wolfgang von Goethe

Willst du etwas gut gemacht haben, so tue es selber!

Aus Kanada

Lausche auf den Ton des Wassers,
und du wirst eine Forelle fangen.

Aus Irland

Körperliche Arbeit befreit von seelischen Schmerzen,
und das ist es, was den Armen glücklich macht.

La Rochefoucauld

Man kann es auf zweierlei Art zu etwas bringen:
Durch eigenes Können
oder durch die Dummheit der anderen.

Jean de La Bruyère

Das Beste und Schönste einer Reise wird daheim erlebt:
Teils vorher, teils nachher.

Sigmund Graff

Der Mensch muß zu innerer Ruhe gebildet werden.

Johann Heinrich Pestalozzi

Lustig gelebt und selig gestorben
heißt, dem Teufel die Rechnung verdorben.
Altes Sprichwort

Es ist viel leichter, einen Korb Flöhe zu hüten
als ein Dutzend junge Mädchen.
Christoph Lehmann

Der Zweck der wahren Religion soll sein,
die Grundsätze der Sittlichkeit
tief in die Seele einzudrücken.
Gottfried Wilhelm von Leibniz

Es ist nur eine Religion;
aber es kann vielerlei Arten des Glaubens geben.
Immanuel Kant

Der Rheinwein stimmt mich immer weich und löst
jedwedes Zerwürfnis in meiner Brust,
entzündet darin der Menschenliebe Bedürfnis.
Heinrich Heine

Das stimmt nicht nach Adam Riese.
Sprichwörtliche Redensart

Der Ring macht Ehen –
und Ringe sind's, die eine Kette machen.
Friedrich von Schiller

Den wird man einen Ritter nennen,
der nie sein Ritterwort vergißt. *Ludwig Uhland*

Alle Fehler, die man hat,
sind verzeihlicher als die Mittel,
welche man anwendet, um sie zu verbergen.

La Rochefoucauld

Was dein Feind nicht wissen soll,
das sage deinem Freunde nicht.

Arthur Schopenhauer

Wer zu schwach ist, dir als Freund zu nützen,
ist stark genug, dir als Feind zu schaden.

Aus der Türkei

Willst du in die Ferne schweifen?
Sieh, das Gute liegt so nah!

Johann Wolfgang von Goethe

Die Wahrheit ist gar nicht so schwer zu finden.
Schwer ist es nur,
einen Menschen zu finden,
der sie sucht.

Lebensphilosophie

Der Heilige des Tages
Geschichte und Legende

Valentin
Priester und Märtyrer

Am Valentinstag wird der Brauch gepflegt, Karten zu versenden oder Blumen sprechen zu lassen, um anderen ein Dankeschön zukommen zu lassen. Für alle Liebenden ist es der Tag, an dem sie sich ihre Zuneigung bestätigen können.

Für diesen Brauch ist Namensgeber der Priester Valentin, der im 2. Jahrhundert in Rom lebte und ein Diener der christlichen Glaubensgemeinschaft war. Er stand in dem Ruf, ein wahrer Vater der Armen zu sein. Seine größte Fürsorge galt jedoch denen, die ihres Glaubens wegen in den römischen Kerkern ihren Tod zu erwarten hatten. Bei einem seiner Besuche im Gefängnis wurde er selbst gefangengenommen und wenig später Kaiser Claudius Marcus Aurelius Goticus vorgeführt. Obwohl der Kaiser Valentin nach einem längeren Verhör sehr zugetan war, drängte der Stadtpräfekt Calphurnius auf die Übergabe des christlichen Priesters an Asterius, den obersten Richter von Rom. Der Kaiser willigte schließlich ein, und so wurde Valentin in das Haus des Richters gebracht. Dort betete er zu Jesus, dem Licht der Welt, um Erleuchtung der in Finsternis und im Todesschatten befindlichen Heiden. Richter Asterius hörte sein Gebet und versprach, sich bekehren zu lassen, wenn Valentin seiner blinden Tochter das Augenlicht wiedergeben könne. Valentin ließ das Mädchen herbeiführen, und nach seinem Gebet geschah das Wunder: Die Tochter des Richters konnte wieder sehen. Durch dieses Ereignis wurde auch die Familie des Richters zum christlichen Glauben bekehrt und ließ sich von Valentin taufen.

Da der Kaiser einen Aufstand der vielen Neubekehrten befürchten mußte, ließ er sie und Valentin in den Kerker werfen. Nach langen körperlichen Qualen wurden die Inhaftierten am 14. Februar 270 an der Flaminischen Straße in Rom enthauptet. Valentin wurde in der Nähe des Richtplatzes begraben. Seine Krypta soll dort 1878 in einem Weinkeller vor der Porta del Popolo gefunden worden sein.

Am 14. Februar wird zugleich Valentin, der Bischof von Terni, verehrt. Doch auch er ist nicht der Urheber des heutigen Valentinsbrauches. Dieser Brauch geht vielmehr auf ein aus dem Mittelalter überliefertes Datum zurück, das den Beginn der Paarungszeit der Vögel auf diesen Tag festlegt. Auch das römische Lupercalia-Fest, das Mitte Februar abgehalten wurde, wird als mögliche Quelle für die Partnerwahl am St. Valentinstag angesehen.

Auch wenn der Priester Valentin lediglich der Namensgeber dieses Tages ist, wird er dennoch als Patron der Verlobten und Bienenzüchter und als Stifter einer guten Ehe verehrt.

Persönlicher, immerwährender Kalender

FÜR EWIG

Denn was der Mensch in seinen Erdeschranken
Von hohem Glück mit Götternamen nennt,
Die Harmonie der Treue, die kein Wanken,
Der Freundschaft, die nicht Zweifelsorge kennt;
Das Licht, das Weisen nur zu einsamen Gedanken,
Das Dichtern nur in schönen Bildern brennt,
Das hatt ich all in meinen besten Stunden
In ihr entdeckt und es für mich gefunden.

Johann Wolfgang von Goethe

Januar	Februar
1	1
2	2
3	3
4	4
5	5
6	6
7	7
8	8
9	9
10	10
11	11
12	12
13	13
14	14
15	15
16	16
17	17
18	18
19	19
20	20
21	21
22	22
23	23
24	24
25	25
26	26
27	27
28	28
29	29
30	
31	

März	April
1	1
2	2
3	3
4	4
5	5
6	6
7	7
8	8
9	9
10	10
11	11
12	12
13	13
14	14
15	15
16	16
17	17
18	18
19	19
20	20
21	21
22	22
23	23
24	24
25	25
26	26
27	27
28	28
29	29
30	30
31	

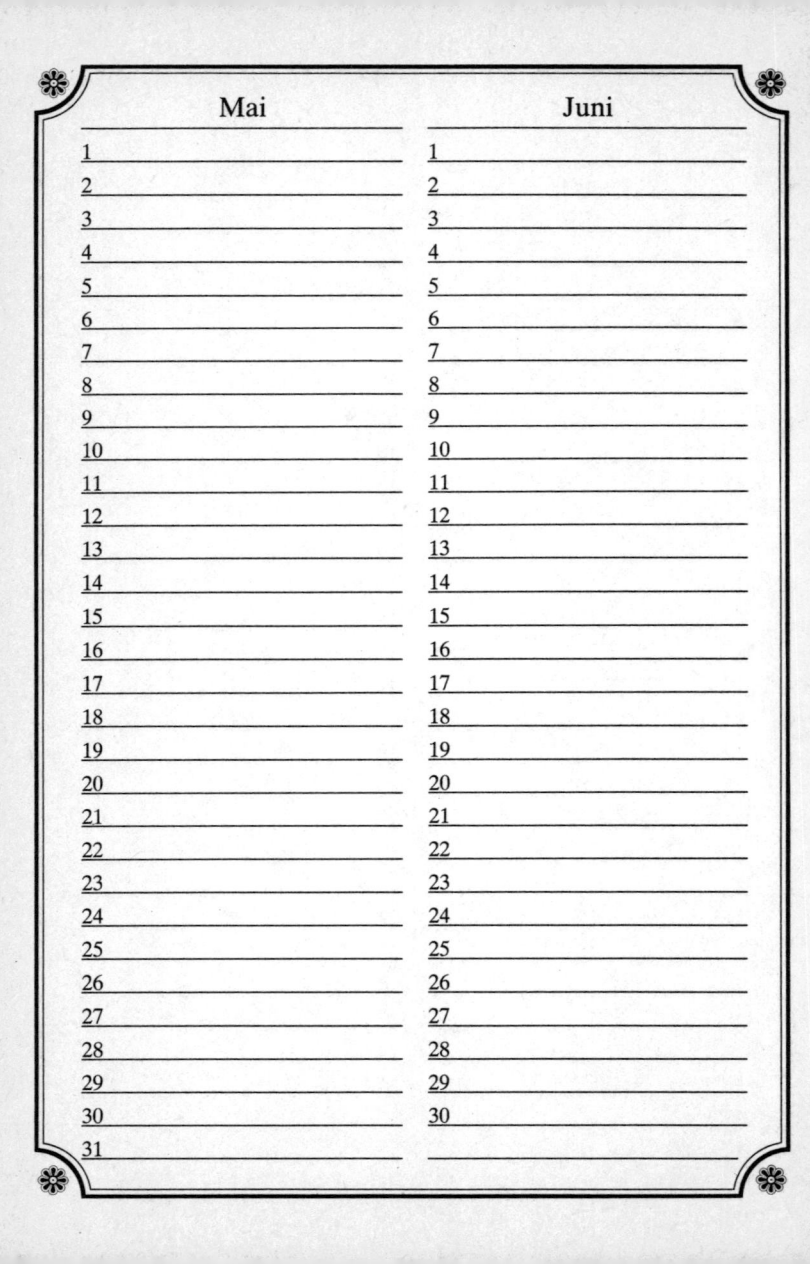

Mai	Juni
1	1
2	2
3	3
4	4
5	5
6	6
7	7
8	8
9	9
10	10
11	11
12	12
13	13
14	14
15	15
16	16
17	17
18	18
19	19
20	20
21	21
22	22
23	23
24	24
25	25
26	26
27	27
28	28
29	29
30	30
31	

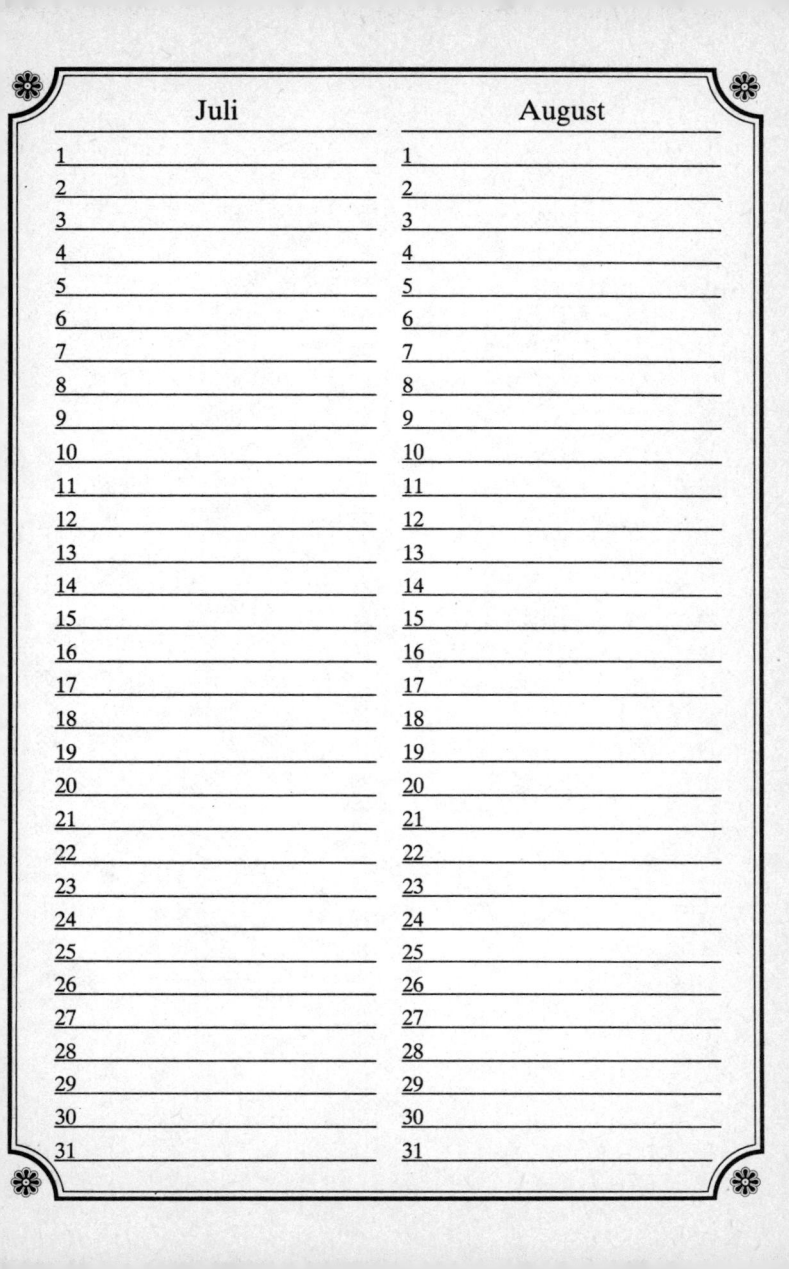

Juli	August
1	1
2	2
3	3
4	4
5	5
6	6
7	7
8	8
9	9
10	10
11	11
12	12
13	13
14	14
15	15
16	16
17	17
18	18
19	19
20	20
21	21
22	22
23	23
24	24
25	25
26	26
27	27
28	28
29	29
30	30
31	31

September

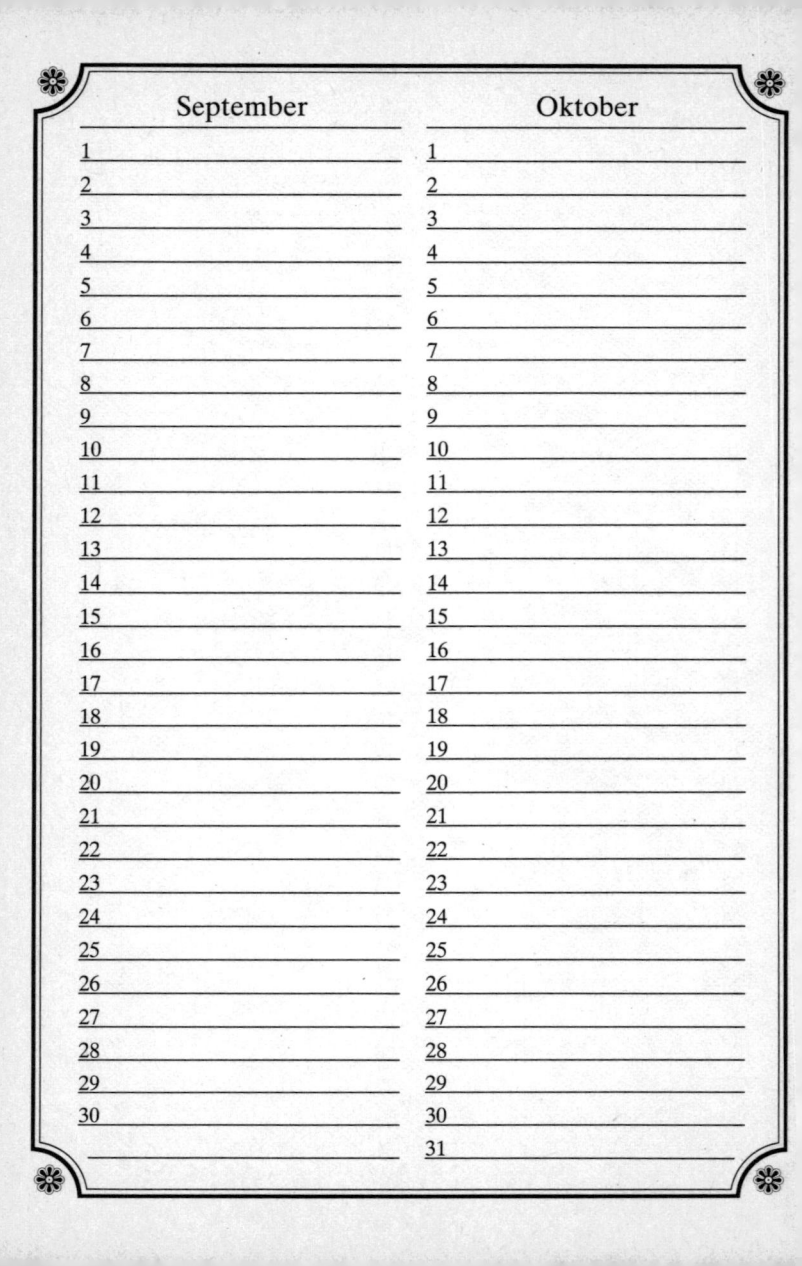

1.
2.
3.
4.
5.
6.
7.
8.
9.
10.
11.
12.
13.
14.
15.
16.
17.
18.
19.
20.
21.
22.
23.
24.
25.
26.
27.
28.
29.
30.

Oktober

1.
2.
3.
4.
5.
6.
7.
8.
9.
10.
11.
12.
13.
14.
15.
16.
17.
18.
19.
20.
21.
22.
23.
24.
25.
26.
27.
28.
29.
30.
31.

November

1
2
3
4
5
6
7
8
9
10
11
12
13
14
15
16
17
18
19
20
21
22
23
24
25
26
27
28
29
30

Dezember

1
2
3
4
5
6
7
8
9
10
11
12
13
14
15
16
17
18
19
20
21
22
23
24
25
26
27
28
29
30
31

In der Reihe

Das persönliche Geburtstagsbuch

sind 366 individuelle Bücher erschienen.
Für jeden Tag des Jahres eins.

Jedes Buch enthält eine interessante und
vielseitige Mischung aus informativen Texten
und unterhaltsamen Beiträgen sowie
praktische Tips für den Geburtstag.

*Das ideale Geschenk für viele Gelegenheiten
für gute Freunde und für sich selbst.*

Überall erhältlich, wo es gute Bücher gibt.

Verlag
»Das persönliche Geburtstagsbuch«
8000 München 5